晨聲溪語

◎郝晨声　著

国家图书馆出版社

图书在版编目（CIP）数据

晨声溪语 / 郝晨声著. — 北京：国家图书馆出版社，2023.9

ISBN 978-7-5013-7845-6

Ⅰ. ①晨… Ⅱ. ①郝… Ⅲ. ①散文集－中国－当代 Ⅳ. ①I267

中国国家版本馆CIP数据核字（2023）第158650号

书　　名　晨声溪语
著　　者　郝晨声 著
责任编辑　潘云侠
助理编辑　雷云雯
封面设计　刘旭东
封面题签　韩永乐

出版发行：国家图书馆出版社（北京市西城区文津街 7号　100034）
（原书目文献出版社 北京图书馆出版社）
010-66114536　63802249　nlcpress@nlc. cn（邮购）
网　　址：http://www. nlcpress. com
印　　装　北京科信印刷有限公司
版次印次　2023年9月第1版　2023年9月第1次印刷

开　　本　880 × 1230　1/32
印　　张　8.5
书　　号　ISBN 978-7-5013-7845-6
定　　价　88.00元

作者小传

郝晨声，军人。首届全军“四会”授课比赛第一名；“十一五”期间全军军事科研优秀成果一等奖获得者；2007—2008年担任中国中央电视台军事农业频道（CCTV-7）《迈好军旅生活第一步》栏目主讲人。爱好写作，唱歌，拉小提琴、大提琴，书法等。现任中国发展战略学研究会创新战略专业委员会副主任。

序——探求澄明的人生

我认识郝晨声同志是在2005年，那年全军举行首届“四会”优秀政治教员授课比赛，我受邀当评委。郝晨声同志为总参谋部参赛代表，讲授的题目是《战略参谋的战斗精神》。至今我还记得，他当时神采奕奕地站在讲台上，手持教鞭，对着作战地图，先是简要概述了当下世界大势，接着集中分析了台海局势及未来可能发生的各种状况，揭示了我军领帅机关战略参谋应当具备和锻造的世界眼光、现代战争思维特别是战略参谋的指挥素养、战斗意志和相机应变能力等基本素质。字字句句，铿锵有力，绘声绘色，如同进入未来战场，让人听得入神。由于表现优异，他夺得授课比赛第一名。随后，他在中央电视台及部队、院校演讲，受到广泛好评。自那以后，我们便成为朋友，随着交往的增多，相互的了解和感情越来越深。

1983年，郝晨声同志地方大学毕业，依从父（抗战老兵）训，投笔从戎，穿上了“一颗红星头上戴，革命的红旗挂两边”的绿军装。先后当过干部学员、连政治指导员、营政治教导员、师政治机关科长、总参谋部机关处长，后来又先后在三所军事院校担任政治机关和院领导。在每个岗位上，郝晨声同志都干得有声有色。给我的印象，他一直是个研究型政治军

官，尤其是后来牵头承担的“十一五”全军重点军事理论研究课题，获得军队政治建设类唯一的一等奖。由此，他不仅积累了丰富的军队基层工作经验，更有我军最高参谋机关、军事院校奠定的坚实理论功底和宽广眼界。

郝晨声同志从军校领导岗位退下来后，不改多年形成的笃学不倦、勤于思考的习惯。他给自己提出这样一个要求：每天有一个小目标，有一点小兴致，与身心有一次小交流，尽可能让自己保持精神上年轻、充实、向上的生活状态。经过充分准备，他将自己几十年特别是从军30多年的人生经历和感悟加以整理、概括、提炼，写下了200多篇论述性文章，取名《晨声溪语》结集出版。我反复拜读、细细品味，深切地感受到作者平实、独特而又高尚的情感和情怀。情感是自己的，情怀则是社会的，是一代人生命的记忆和呼唤。纵览此书，有一个最核心的思想，这就是人、人生、人生问题。

早在2000多年前，被称为“众师之师”的古希腊著名哲学家苏格拉底（前469—前399），大白天打着灯笼在大街上东张西望寻找着什么，路过的熟人问他在找什么，他漫不经心地回答：“找人。”这就奇怪了，大街上不到处都是人吗？苏格拉底反问：“人是什么？”结果把对方问住了。从那以后，人类便开始了对人的探索。人是什么？人从哪里来？人到哪里去？人的一生应该怎么走？众多哲学家、文学家、社会学家……纷纷做出有益的探索。著名哲学家黑格尔（1770—1831），在把德国古典哲学推向顶峰的过程中，写下了大量关于人的著作，但

当有人问他世界上最难的问题是什么时，黑格尔回答："人。"

马克思在继承德国古典哲学优秀传统的基础上，变革并创立了科学的人学。我党以马克思主义理论为指导，提出以人为本的最高价值理念，表现出对人的尊重，对人的问题的高度重视和践行。当下，不管是男人还是女人，是老年还是青年、壮年和少年，都行走在自己的人生路上，都在破解生命的难题——人生的路究竟应该怎么走？如何更好地改变自己，创造洒脱、杰出、幸福的人生？读了《晨声溪语》，至少能给我们以下启示：

首先，要正确处理个人与国家的关系，以强烈的社会责任感，担当起国家发展和安全的神圣使命。20多年前，郝晨声同志出差到沈阳，部队安排参观"九一八"历史博物馆，他心情极其沉重。翻开留言簿，里面不忘国耻、立志报国的慷慨激昂的留言令他深受触动。正是这种根源于中华儿女血肉和灵魂里的爱国主义和社会责任感，使中华民族历经苦难而不败。身为一名军人，更应该胸中有国家、心中有人民、肩上有责任、眼中有沙场、骨子里有血性、忠于职守、精武强能、备战打仗、无畏牺牲、敢打必胜。《晨声溪语》在表达作者心声的同时，从多方面揭示，人是个体的生命存在，只有通过不懈奋斗，才能在社会中占有一席之地。不过，个体是在社会中奋斗的，个体价值的实现离不开社会。这就需要妥善处理好个体与国家、社会的关系，寻求个体兴趣爱好和奋斗与国家、社会需要的切合点，以强烈的社会责任感，努力为国家安全和社会

发展做贡献。作者认为，只有这样，才能跳出狭隘自我的小圈圈，使个体的生存由自在变自为，由自发变自觉，创造出更加美好的人生。

其次，要确立科学的思维方式，以“我应该”的胸襟，努力协调好各方面人际关系，自我并非一座孤岛，生活中需要面对各方面的关系，如亲人关系、战友同事关系、上下级关系等等。在处理这些关系时，有两种截然不同的思维方式。一种是“我应该怎么样”，遇到矛盾，总是从自己身上找问题、寻出路，这无疑使你比他人高出一筹，你的人际关系一定是和谐的，人生一定是美好的；另一种是“应该对我怎么样”，遇到矛盾和问题，责怪领导不关心、同事不理解，结果矛盾和问题越积越深，人际关系越闹越僵，人生的路越走越窄。《晨声溪语》中有多篇关于人际关系的文章，通过实例反复强调，与人为善，待人谦诚，求同存异，善于隐忍、乐失、悦人。所谓隐忍，就是不随意露锋芒，不轻易去伤人，不至于动辄形成对立面；所谓乐失，就是以失为乐，无私帮人，就会让人心生敬意和感恩；所谓悦人，就是用行动竭诚尽力地帮衬人，让人产生愉悦，就能格外招人喜欢。这样的人，人缘好了、朋友多了、口碑好了，自然会精神充实，很多事情也会一顺百顺。

第三，要调节好个体与自我的关系，向着明天和远方，保持乐观向上的精神状态。现代人的物质生活水平提高了，幸福感并没有多大增强，有的甚至产生焦虑、忧郁等精神问题。这是为什么？《晨声溪语》从多方面做了深度探析，认为人是

有思想的能动存在物，其行为受思想支配。人走在人生路上，要让理想主导行为。诚然，人生路上会有狂风暴雨、泥泞沼泽、沟沟坎坎，特别是今天的年轻人，胸怀理想却屡遭冷遇碰壁，奋力打拼却仍然无车无房甚至入不敷出，工作的重负，家庭的责任，无疑会给他们带来诸多生活压力。其实，看看那些成功人士，哪个不是从风风雨雨中走过来的。胸怀理想，坚守信念，就能从此岸看到彼岸的光，就能产生战胜困难的动力和勇气，就不会计较那些日常鸡毛蒜皮的小事和一时一事的得失，善于把生活中遇到的问题化作自我生存能力，把挫折化作动力，把遗憾化作洒脱，把痛苦化作智慧，把泥泞沼泽化为平坦的金光大道，创造出属于自己的精彩人生。为此，《晨声溪语》中特别强调，要经常审视自我、检讨自我、化解矛盾、解决问题，从中提升自我，改变自我。也就是说，要努力处理好个体与自我的关系，保持豁达乐观、积极向上的精神状态，登高望远，奋力前行。郝晨声同志的人生也是这样走过来的。他的母亲原是省级优秀小学教师，后来被打成“右派”（1978年平反并恢复工作后，还获得“曲啸式模范教师”称号，而今已90多岁高龄）。为此，郝晨声同志读小学时，尽管各门功课名列前茅，但就是评不上“三好学生”。是母亲的谆谆教诲和榜样力量，令他更加奋发图强。从地方大学生向合格军人的转变，特别是要做一名优秀的军队政治工作干部，要在军队政治工作上有所作为，就要努力探索、奋斗，其中的酸甜苦辣，是一般人难以想象的。郝晨声同志总是不断鼓励自己，向着远

方，攻坚克难，努力前行。他的精神境界也体现在其文字中：我向远方的我走去，带着对生命的爱，精神矍铄；带着对真善美的追求，风度翩翩；带着孜孜以求的精神财富，清雅脱俗；带着对生我养我和我生我养的亲人的呵护与厚爱，尽享天伦之乐；带着对怡心挚友的仁爱与重情，簪盍良朋；带着简单简朴简约简洁等一身洒脱，不断前行……这些话语，正是对作者澄明、浪漫、洒脱人生的真实写照。

总之，《晨声溪语》讨论的都是作者亲身经历或看到、听到的日常生活中的问题，语言朴实无华、深入浅出，很接地气。细细品读，能够领悟蕴涵其中的诸多深刻的人生哲理，让灵魂受到震动、行为受到启发、自我获得提升。该书也并非完美无瑕，但它的独特风格和所揭示的，体现了作者的真诚和坦率，堪称一部哲思之书，对于那些希望将自己的生命活得有滋有味、有光有彩、有价值的人，读了该书，无疑会大有裨益。

顾智明

原中国人民解放军南京政治学院

哲学系教授、博士生导师

2023年4月11日于南京

目录

序——探求澄明的人生 · 1

可爱的中国 · 1
祖国母亲 · 2
拉着母亲的手 · 3
妈妈，我知道—— · 5
声儿，我清楚—— · 7
母爱 · 9
父亲如山 · 10
父亲的爱 · 13
爸爸，请用心灵和我说话 · 14
孝道 · 17
爱情 · 18
无巧不成家 · 19
生命关联 · 21
家乡的味道 · 22
家 · 23

敬酒 · 24

失亲之痛 · 25

战友 · 26

军人和老百姓 · 27

当兵的考验 · 28

军人人格双重性 · 29

军人的忠诚 · 30

含泪的军礼 · 31

军校那一年 · 32

兵之初 · 33

致敬老英雄 · 35

美好的记忆 · 36

自识“八有”· 37

话风 · 38

英雄母亲 · 39

一束鲜花 · 41

朋友 · 42

好朋友 · 43

真朋友 · 44

大学同学 · 45

恩师 · 46

致老友 · 47

知己 · 48

知己二 · 49

交情 · 50

人际交往的盲点 · 51

人之差别 · 52

人生秋季 · 53

人生的意义 · 54

人生没有意义吗？ · 55

生命意义 · 57

生命力 · 58

生命的初冬 · 59

人生如旅 · 60

人生如驰行 · 61

人生精进 · 62

人性之光 · 63

人性的光芒 · 64

人性丛林 · 65

直视人性 · 66

人祸 · 67

人亦微 · 68

人类发展的群体迷失 · 69

人生缘何“不如意事常八九”· 70

人类的心物之道 · 71
归顺生活与臣服灵魂 · 72
在什么山唱什么歌 · 73
生命与健康 · 74
南太行 · 75
海 · 76
海的声音 · 77
爬山虎 · 78
丑橘 · 79
仙林 · 80
信天翁 · 81
美丽的丹顶鹤 · 82
小路 · 83
山路 · 84
生态 · 86
烟雨 · 87
烟雨江南 · 88
沉浸自然 · 89
黄河遗梦 · 90
黄河饮马沟大峡谷 · 91
河西走廊的铭怀 · 92
缺水的大地 · 93

上天恩赐的特惠 · 94
阿丽米尔 · 95
那年那月 · 96
百年辉煌 · 99
敬香邓公 · 100
和平卫士 · 101
战斗精神 · 102
历史时刻 · 103
铭记 · 104
天佑 · 105
共度时艰 · 106
没有硝烟的战争 · 107
文明精神的呼唤 · 108
公民道德宣传日随想 · 109
久远的雷锋 · 110
感恩 · 112
感恩二 · 113
感恩节感言 · 114
清明雨 · 115
立冬 · 116
冬至 · 117
北方的雪 · 118

除夕夜 · 119

饺子 · 121

秋天的美 · 122

桂花 · 123

观话剧——《上甘岭》· 124

《狂飙》· 125

“好一朵美丽的”《茉莉花》· 126

生日寄语 · 127

活关公 · 129

钓鱼歌 · 130

剃头匠 · 131

剃头匠（续）· 132

罪酒赋 · 133

罪酒赋（修）· 135

酒缘 · 137

夜酌 · 138

酒色财气 · 139

奇人奇文 · 140

艺之魂 · 142

艺术之真善美 · 143

现实 · 144

择业 · 145

选择 · 146

婚姻 · 148

60后 · 149

下一代 · 150

贫穷之源 · 151

尊重财富 · 152

财富 · 153

苦出身 · 154

生活 · 155

戾气 · 156

避害 · 159

脊梁 · 160

古训于今 · 161

灵魂 · 162

无题 · 163

善行 · 165

观世 · 166

“痴”相 · 167

善良 · 168

遗传 · 169

悲哀 · 170

思维 · 171

自省 · 172

本质 · 173

小人 · 174

尊严 · 175

真谛 · 176

生存权 · 177

不如意 · 178

意识运动 · 179

命运状态 · 180

活着与死去 · 181

强加于人 · 182

自胜者强 · 183

胆大妄为 · 184

名词意味 · 185

幸福在哪里 · 186

幸福的“有”与“无”· 187

幸福感回归 · 188

剖解和谐 · 189

“致仕”三归 · 190

负面情绪 · 191

啥人啥命 · 192

问题背后的问题 · 194

庸人自扰 · 195

新与旧 · 196

照天烧 · 198

善与恶 · 199

魔幻世界 · 200

变脸时代 · 201

时代形态 · 202

时间 · 203

时间二 · 204

自由“三不” · 205

价值 · 206

视角 · 207

揭痂 · 208

肚量 · 209

冤家 · 210

较量 · 211

青年 · 212

不要说…… · 213

胸有朝阳 · 215

三部曲 · 216

勿行极端 · 217

反刍思维 · 219

灵魂的遇见 · 220
高贵的灵魂 · 221
魂之魂 · 222
走向远方的我 · 224
一只看不见的手 · 225
话说奴们 · 226
平安好贵好难 · 227
朴素节俭的日子 · 228
在埋头与抬头之间 · 229
安恬之心 · 231
心 · 233
心的方向 · 234
心与心的交融 · 237
同行者 · 238
男人有泪 · 239
做得大事，嚼得菜根 · 240
难得糊涂 · 241

后记——永不凋零的心花 · 242

可爱的中国

从微信朋友圈得知有朋友陆续阳了，看来这种极具不确定性的中招恐怕是早晚的事了，感觉大家对此都有些心理准备，心态也还不错。大疫当前，个人的自我防护固然重要，感染者通过自我保护自觉阻隔传染也很重要。当前的中国社会，尤其呼唤中华优秀传统文化中慎独文化的回归，每一个独立的个体，如果都具备慎独的文化意识，把个人的自律自觉提升到社会责任高度，直至升华为大仁大爱，疫情就会受到很大程度的抑制。昨天有朋友说，这些天不用号召，许多饭店门可罗雀，之前约好的一些聚会也都自觉取消了，群众性的民间防疫招数五花八门……这说明，这场持续了三年的抗疫斗争，业已变成了真正意义上的人民战争，全社会都在高度关注这场人民战争的走向。可喜的是，仅通过微信朋友圈和网络自媒体，就不难发现人民群众直面疫情激发出的社会良知，尤其是社会高度关爱老人儿童。为此不禁感叹，这就是可爱的中国！

祖国母亲

值此国庆，新中国已经敲响了大半个世纪的历史足音。一个年代有一个年代的主题，一个年代有一个年代的浪潮。一代代年轻人，就是时代浪潮的化身。人是具有深刻时代烙印的社会产物，尤其是年轻人。据我所知，20世纪60年代的年轻人理想主义色彩浓郁，革命豪情奔涌；70年代的年轻人充满了对社会前景的思索以及国家命运的忧患；80年代的年轻人呼唤真我、渲染个性，立志开启崭新的未来；90年代的年轻人热衷于求知、求美、求新、求变；新世纪以来前10年的年轻人开始以全球视野走向世界，而近10年的年轻人则已自居于民族复兴征程的高点来平视世界了。不得不说，特别是不得不对当今的年轻人来说，与爱家、爱父母一样，爱国既是社会主义核心价值观，也是社会意义上的人类情感。人的自然生命是父母给予并养育的，人的政治、经济、社会、文化命运则是由国家、民族赋予并保障的！所以，祖国同样是母亲，此时此刻，谨向共和国庆祝华诞！

拉着母亲的手

老母亲每天一个电话（年迈老人作息时间不定，因此与母亲约定，由她每天给我打电话），虽然她在电话里总重复着那几句话，但此举俨然成为我每天的惦记之事。

近来母亲三天没来电话，我打电话询问情况，弟弟说一切如常，但直觉告诉我，母亲想见我了！于是，立说立行。我迅即订好高铁票，踏上了看望母亲的行程。

弟弟开车去高铁站接我之前，母亲听说我要回来，便执意上车亲自去车站接我。我到达后看到弟弟的车上坐着的90多岁高龄的老母亲，顿时眼眶湿润了。

母亲的视力很弱很弱了，但我分明感受到她见到我时眼睛里瞬间发出的光亮。

从高铁站到家有半小时车程。一路上，我一直拉着母亲的手，她几乎没和我说什么，没过几分钟便微笑着进入了梦乡。我清楚，她在见到我之后，即刻为绷着劲儿的精气神松了绑，把自己切换到全身心放松的状态。

小时候，母亲拉着我的手，分明是领我前行、护我成长。这时候，我拉着母亲的手，怎么还是母亲在领我前行、护我成长的感觉呢？对的，这就是手拉着手的幸福！也是儿在娘跟前

此生不变的天道天成。

当晚家宴，一位大哥端起一满杯酒深情地对我说，兄弟呀，这个年龄还有妈叫，你就好好惜福吧！

妈妈，我知道——

妈妈——生我养我的母亲呵！

我知道我的生命，是您在那个吃不饱饭的特殊年代孕育的——尽管我坠地时哭声微弱！

我知道我的性格，是您在那个抬不起头的特殊年代塑造的——尽管我在学生时代说话不会大声！

我知道餐桌上偶尔出现的馒头，是您熬夜给乡亲们织毛线衣换来的——尽管您总是说您不能吃细粮！

我知道我的学业，是您用凝结半生的育人精华悉心指导的——尽管最终我所学的专业“学非所用”！

我知道我的行事为人，是被您一贯悲悯穷苦、同情弱者的善良所感染的——尽管您从不体谅自己！

我知道我的信心，是被您“曲啸式模范教师”的光环下提振的——尽管我在您的鞭策下写了上战场的血书！

我知道我的心态，是被您宠辱不惊、不计得失的襟怀培养的——尽管您的一生几度沉浮！

我知道我每次的回家，次次都会被您记入当天的日志——尽管您握笔的手指已不再灵动！

我知道我的惜别，是会让您怅然若失的——尽管您回回

都强颜欢笑！

我知道我的陪伴，是您最深切的期盼——毕竟您老人家已是九十高龄！

妈妈——我亲爱的母亲，我知道您有多么地爱我，我更知道我有多么地爱您！如此深厚绵长的爱，旷世！终生！

注：昨天傍晚老母亲电话里说“声儿，妈就是想你”，挂了电话，心绪难平。我连夜写下此文，虽文辞拙朴，却字字情真意切。这期间勾起了许多久远回忆，不禁让我泪流满面……

声儿，我清楚——

聪　敏

声儿，我天天牵肠挂肚的儿子呵！

我清楚我的第二次生命，是在那个特殊年份靠对儿的朝暮呼唤维系的——尽管你那时迟迟没有降生！

我清楚我的生活信念，是在那个蒙冤受辱的特殊年代因你来到这个世界而坚定的——尽管那时的你还懵懵懂懂！

我清楚我当时的政治成分，是导致你学习表现再好也要遭人歧视的——尽管那已是久远的愧痛！

我清楚我的磨难境遇，是事实上牵连阻遏了你爸爸的政治前途的——尽管他因为有了你无悔而坚定！

我清楚我的希望之炬，是被你打小上进的点点星火燎燃的——尽管那些年你当不上“三好学生”！

我清楚我的人格重生，是幸沐小平同志拨乱反正的春风雨露而焕奕的——尽管那时我已近半百年龄！

我清楚我此生的追求，是要在教育事业上竭诚奉献的——尽管平反后已没更长时间佐证！

我清楚我的拼搏劲头，是被“曲啸式模范教师”称号和你的大学录取通知书所慰勉的——尽管我自感成绩平平！

我清楚我的大胆无惧，是对你立志从军报国有潜在影响的——尽管你总遗憾上前线没能成行！

我清楚我的性格做派，是会给你在危险面前敢于挺身而出的力量——尽管你带兵多次负伤从不言明！

我清楚我的直面苦难，是能化作你逆境中忍辱负重渡难关的精神冲剂的——尽管你总认为自能克难！

我清楚我的至深感动，是你爸的昂贵医疗费被你昼夜不停地创作作品的酬劳交付的——尽管你总吹嘘说比较轻松！

我清楚我的踏实安然，是你在此前不良政治生态下鄙视奉迎腐败权贵蒙受委屈回馈的——尽管你总说是组织决定！

我清楚我的暮年生活，是你让弟弟从领导岗位提前引退全力照顾我左右而得到保障的——尽管你总借故说弟弟健康状况不行！

声儿，我挚爱的亲人！妈妈因你而有精神支柱，妈妈因你而长久绽放生命！这魂牵梦绕的母子情呵，我志在隽永回味，百岁见证！

2022年秋于沁阳

注：前几天母亲看过我写的《妈妈，我知道——》一文后，遂以老语文教师的敏感和文感，写了一篇和文《声儿，我清楚——》。昨天她亲自到高铁站接我，迫不及待地拿给我看。现修改整理附上，与朋友交流。

母　爱

回友人晓磊的话（“还是母爱伟大”）：母爱的确伟大。母爱反过来以字喻义“爱之母”，是所有人类情感中最本能也最纯粹的情感。在伟大的母爱面前，任何语言都不足以表达其内置生命信息的特质与内涵。看看并记住那张十几年前的感人照片吧！那张照片就是对母爱的图解。照片上，2008年汶川大地震，一位母亲用躯体护佑着自己年幼的孩子。救援人员发现她时，她的身体被坍塌的水泥墙体压变了形，已无生命体征，为了给身下的幼子一线生机，在没有食物水源的情况下，这位母亲毅然艰难地用毛线针扎破手指，让幼子吮吸自己的血液。尽管这对母子都没能获救生还，但她以雕塑般的永恒，诠释并定义了伟大的母爱。这不免让我想到，有的时候对人对事，真没必要去深究太多。比如爱情，有经历体验就够了；比如母爱，知珍惜回报就好了；再比如面对这个世界，有你一辈子都看不完享不尽的美好事物，何必还拖着诸如痛苦、怨恨、忧郁，以及诸多不甘、不满、不休的沉重行囊，始终踏不上像伟大母爱那样天然热爱生命的旅途呢？

父亲如山

父亲名叫东山
那是山的情缘
当年鬼子进村
他操械与日寇周旋

父亲寻找八路
那是山的召唤
鬼子大举进犯
他持枪与日寇作战

父亲投身解放
那是山的呐喊
三大战役正酣
他要求去主力兵团

父亲没有大名
那是山的厚憨
解放事业胜利

他自改名字叫武全

父亲身板挺直
那是山的刚毅
母亲蒙冤落难
他毅然归乡遮风寒

父亲向来简朴
那是山的外延
我欲哭要新衣
他令我把补丁衣穿

父亲讲话不多
那是山样讷言
我受牵连委屈
他大声说他是党员

父亲怀才不遇
那是山的内涵
我在少年时期
他把见识技薪传

父亲尚武如初

那是山的雄健
面临毕业选择
他让我从戎把军参

父亲严格自律
那是山的峻颜
我有私心滋长
他以军人本色明鉴

父亲胸有大爱
那是山的高宽
每次遇到困难
他总为我扬起新帆

父亲离世多年
依旧活我心间
至今思念涌来
似海恩情如潮拍岸

父亲的爱

父亲的爱，像正午烈阳般严厉，又如和煦晨光般温暖。小时候，如果说心里有一片蓝天，绘就这片蓝天的，便是父亲的音容笑貌。

父亲的爱，像夜深人静闻狼嚎而心悸时，下意识呼唤的那种自身防护力量。小时候，如果说心里经常以某种力量驱散恐惧，这种力量，便是父亲直面险遇时发出的大声棒喝！

父亲的爱，是看到儿女长进时，笑着拭去的那串喜极而泣的眼泪。小时候，几乎没见到过父亲伤心流泪，而长大后的我也鲜有流泪，这般习惯，便是父亲遗传的性格基因。

父亲的爱，是他用一生的正直、善良、果敢、豁达、俭朴给予我的言传身教。多年以后，如果说自身还有些值得赞誉的风骨的话，那便是父亲从未消逝，永远辉映在我心间的余晖。

爸爸，请用心灵和我说话

有一年父亲节，忽然收到一件没有发件人姓名的快递，打开看是一束鲜花和两盒我爱吃的牛排。我当即给女儿发信息：谢谢女儿！她回复：你怎么知道是我（送的）？我回复说：我就你这么一个女儿！她当即给我回了几个拥抱和玫瑰花的表情包。

在和女儿的相处之中，有几个让我印象深刻难以忘怀的场景。

女儿刚上幼儿园头两天，我穿着一身军装去接她。她远远看见了我，便不顾一切地向我奔跑过来，边跑边大声喊着“爸——爸！爸爸——”随后一头扑在我怀里。这举动立刻吸引了很多人的目光，这让我既骄傲又有些不好意思。说骄傲，就不用解释了；说不好意思，是因为自己平时已习惯了在部队基层带兵的严肃，儿女情长很少外露。

女儿上小学一年级时，有一天中午回家，我发现她盯着碗筷撅着嘴不吃饭，问了几遍也不回答，好一会儿她才悻悻地回了一句：“别问了，我很痛苦！”几天后我了解到，原来她是因上课说话受到了老师批评。然而说出“痛苦”一词，当时却很让我吃惊，我意识到这是女儿有独立思考的开始。

女儿小学毕业前，有一天我问她：听说学校里还有学生欺负学生的霸凌现象，你在学校里有人欺负你吗？她说："我是班里的四小穆，穆桂英的穆，谁也不敢欺负我。"她这话，让我乐了好半天。

到了上中学时，女儿可能是处于青春叛逆期的缘故，加之她母亲不在身边，我的工作又特别繁忙，对她的学习生活，只是粗略过问，疏于思想沟通与交流，以致发现她一段时间常有自作主张的任性之举。当时，我不问青红皂白，不容分说地对她进行了批评。此后有一天，女儿给我写了封足足有三页纸的信，解释了自己的所作所为，并对我的批评进行了逐一反驳。记得那封信的最后一句话，让我受到了很大的触动。她写道："爸，你难道压根儿就不会用心灵跟我说话吗？一次都不会吗？请用心灵和我说话！"自那以后，我开始关注女儿的心理健康问题，努力在父女之间搭起一座既交心贴心又宽容平和的心桥。

如今，女儿已长大成年，且具备了很强的独立思考、独立生活能力和独自解决问题的能力，比始终生活在父母羽翼呵护下的同龄孩子要强出许多。

随着年岁渐长，繁忙公务渐渐卸下，自己对骨肉亲情间的陪伴愈发看重，也就更加惦记着独自生活在另一城市的女儿，甚至试图在宁为她另谋工作，只为女儿能离自己近一点。但女儿有自己对生活的想法和对人生的规划，并不愿迎合为父的设想，仍旧愿意待在她更熟悉也更适应的北京。

不得不说，是女儿的坚持让我调整了与她相处的姿态，让我意识到当年那个远远向我奔来、一头扑到我怀里的小姑娘，早已成长为一个足以让我感到骄傲的大人了。

孝　道

今天是重阳节，又被称作登高节、敬老节。在中华民族礼敬祖先、慎终追远的传统习俗里，这一天意在登高临秋风、祭天晒秋获、感恩思源头、祈福敬老人。此时此刻，我踏上归乡探母之旅，心中满怀激动之情。追溯源远流长的孝道文化，诸多感悟油然而生：（1）孝道是人类赋予自身繁衍生息的伦理基石。孔子云：“今之孝者，是谓能养，至于犬马，皆能有养，不敬，何以别乎？”因此，孝道是人类与其他生物的区别。（2）孝道是中华民族赖以生生不息的文化基因。华夏民族的孝道文化，是人类历史长河中木秀于林般的存在。它根深蒂固、历久弥新，于世人好似一张名片，昭示着悠久灿烂的民族文化。（3）孝道是家庭伦理关系的重要哲学范畴。伦理之于家庭，与孝道之于伦理同样重要，攸关家庭的健康、和谐与幸福。可以说孝道存，家就在；孝道罔，家必破。（4）孝道是一个人的高尚道德和美好品格的必然体现。正因为此，有很多朋友才会说，不喻不孝之理，不交不孝之友，不用不孝之人！

爱 情

有朋友见我近来在微信朋友圈发文涉及爱情话题了，便问我什么是爱情。实话说还真没有一个公认的定义，因为这个问题极其复杂，不同的时代、不同的民族、不同的历史文化甚至不同性别年龄的人，都会有不同的社会认知和哲学解读。我自己倒比较倾向于美国心理学家对爱情三角形的要素化状态化描述，即爱情三角形有三个边：（真心的）亲近、（真实的）激情与（真诚的）承诺。这三个边的不同长度组成各式各样不同形态的三角形，就像不同程度和方式的亲近、激情与承诺，构成不同风格与情态的爱情一样。当然，也包括双要素单要素的爱情形态及其变化。说点现实意义的话，中国人还是多关注中国人的爱情观为好。不得不说，千百年农业社会和儒家思想的熏陶传承，特别是宋代以后数百年尊崇男权主义的封建历史文化影响，以及人们因此对爱情所形成的内敛压抑的社会心理及社会观念，时至今日还有一定市场。好在当今的中国人已完全融入世界，年轻人普遍具有开阔的人文视野。现代文明图景下的爱情观，想必人人都会明白其此一时彼一时、起伏变化、循序渐进的道理，不应陷入纯粹理想主义和极端现实主义的尴尬境地。

无巧不成家

人说无巧不成书，我说无巧不成家。

记得那年夫人有天早晨告诉我，她做了个梦，梦里天女下凡，让她从黄白青三条龙中选一条，她选了白龙，天女欣然赋诗一首。夫人梦中醒来，只记得那首诗中有个“曜”字。

翌年龙年，夫人怀孕，虽然其间有流产迹象，但幸运的是儿子于冬月平安出生，取乳名“坚强”，真乃天意。

儿子出生时，是中午12时36分——如日中天，是星期日——礼拜天，登记家庭地址——东方天郡，都有个“天”字。

给儿子取名“郝曜天”，总计31画——夫人当时的年龄31周岁，“曜天”22画，同夫人的车牌号码尾数VG0022和我的幸运数字“22”。

儿子出生时，夫人认为长得又黑又丑，我说N0！后来就

像变戏法一样，很快便白皙如玉，活脱脱一个俊逸小白龙。

我和夫人出生年月日的自然数之和相等。我开玩笑说，这叫本乃一体的时空错位。给儿子取名郝曜天，倒着念谐音“天要好”。

生命关联

和一位长年在异乡奔波打拼的发小聊天，他深有感触地对我说，人这辈子所求也就三条：养家糊口，追名逐利，三五好友。一个本心，一个苦心，一个养心。我琢磨了一下他的话，确实是道出了大多数过来人的真情实感。进一步想到，他的话其实触及了生命意识的核心关联问题。其中的养家糊口和追名逐利，是紧系生命和命运的刚性关联。养家糊口是本真，比较稳定；追名逐利是人生追求和生活保障条件，相对动态可变。二者更鲜明的区别是，通常为着养家糊口的本真，可以取舍更换追名逐利的条件。三五好友则是修养心灵家园的柔性关联，是茫茫人海里栉风沐雨后源自感恩怀德重情惜缘能彼此牵手歇脚养心的伙伴。进而又想到，无论人性有多么形色不定，对绝大多数人来说，这三条都会是生命意识的主导。一生为血缘亲情和父母子女操心，父母为了子女常常终生操劳，乃至倾尽所有。当然，于这样的刚性关联之外，也少不了柔性关联的伙伴挚友，这是独立人格的精神慰藉。如此天伦之乐和良师益友刚柔相济，才能绘就人生的绮丽山水。

家乡的味道

成童之年离开家乡，已逾40载春秋了。这期间东奔西跑，走南闯北，见过太多的地域风情，尝过太多的地方美食，但味觉记忆里挥之不去的，还是家乡的味道。

记忆中的家乡味道，是生活很不宽裕的40年前留驻的，这是今天才明白，那个时候并不觉得，反倒是因向往而执念。故乡南太行脚下豫西北的水土风情，除了那晋不晋豫不豫的乡音土话，还有诸如烙馍卷北瓜丝、牛肉丸子汤、干炸驴肉丸、豌豆粉小炒、绿豆凉粉、小车牛肉等怀府小吃。这些在记忆里，都还是很诱人的。一个月前回乡看望老母亲，发小正印兄拨冗陪我一道前往。一天早晨，我俩驱车十几公里，专程到老家镇上吃了顿牛肉丸子汤，两人花了24元钱。这是好些年来在街市上吃得最便宜的一顿早餐，但却是为了重品家乡味道心理上很有满足感的一顿早餐。

一个家乡妹子最近出差经宁，顺便来看望我，我和几个朋友招待她吃晚饭，专门点了个叫烙饼卷咸肉香肠的菜。我问她，这个菜是不是有家乡的味道？她只是说挺好吃的。其实，人家在家乡生活，是没有多少我这种感受的，只是我此时此刻睹人思乡罢了。

家乡的味道，是人生之旅出发时的精神行囊，无论走多远，走到哪里，都永远不会丢弃。

家

家是来处。再幼小的孩子，也知道自己的家在哪儿；再年迈的老人，也忘不了原生的家。

家是归宿。小孩子在外面受到委屈时会哭诉：我想回家！老年人在家中卧床生命力衰微之际会执拗：我哪儿也不去！

家是港湾。无论你是满载而归，还是飘摇而回，家的港湾都是你的身心歇脚落脚的地方。

家是梦乡。当所经所历的人世风尘被困倦淹没时，家的温馨温情总会从心底蒸腾，把你引入梦乡并为你重新筑梦。

家是原点。不管你的坐标系有几维有多大，能呈现何种复杂多变的态势，家的原点永远是你心灵最内在的参照。

家是圆心。绕着这个圆心，有人画出小圆，有人画出大圆，但圆心点始终在家的核心处。

家是苦乐专卖店。你的快乐，会在第一时间与家人分享，你的痛苦，也会在第一时间被家人分担。

家是情理真空带。在外面，多寓理于情，理大于情；在家里，多寓情于理，情大于理。你自身的分量，在家里可能鲜有超重，更大可能多有失重，但总与你在家外的重量不一样。

敬　酒

赶了一整天的路，回到家乡给母亲做寿。次日午宴，一餐下来喝了不少白酒，晕乎乎回到家倒头就睡。一觉醒来，回想起中午喝酒的场景：老母亲年近90岁，每天的生活都处处需要人照料。胞弟承担了这一切，一天24小时形影不离地照顾母亲，要好好敬他一杯；姐姐、姐夫、堂兄、嫂子、侄子、外甥女，每年隔三差五到家里看望老母亲，买来吃的穿的用的，要分别敬他们一杯；母亲原来的校办主任多年来一直关心退休老教师，热心为母亲跑腿服务，要敬一杯；街坊的大兄弟，为母亲设计了一套手势操，每天帮老人按摩、活动筋骨，要敬一杯；市里的书法家大哥特意为母亲书写了寿字和寿联，要敬他一杯……席间你来我往，推杯换盏，盛情难却。回到家，弟弟看到我的样子，为我泡了杯解酒茶，嘴里一个劲儿地叨叨：哪有你这种喝法！敬酒不讲辈份，见谁敬谁，杯杯斟满，不喝多才怪！记得我当时两眼直愣愣地盯着他，过了半天说了句自责的话：孝心不分辈分长幼。我远在千里之外，两三个月才回来陪伴母亲几天，我敬的是他们替我尽的孝心，喝下的是我心里的亏欠呵！

失亲之痛

这个世界上，越是人们所珍重的东西，失去时就越是痛苦。失亲，便是首当其冲之例。失亲通常指子女失去父亲或母亲，亦指父母失去子女。亲人的逝去，对生者的打击和折磨是剧烈而深重的，意味着凝结血缘亲情的生命链条发生了断裂。不同的家庭，不同的遭遇和情形，会有各种各样的失亲之痛。记得90年代末，我父亲的突然离世带给我三个方面的至深影响：一个是悲伤久久难以排解之痛。父亲从发病到逝去也就四个月时间，心中的诸多悲痛与遗憾时常交织在一起，很长一段时间都难以接受他的离去。另一个是奠定了我的生死观。从那以后，我对人的生死有了现实的感悟和深切的认知。第三个是陡增了责任感。我意识到自己作为家中的长子，要开始肩负起一些原先由父亲承担的责任了，这种使命感让我似乎在一夜之间成长了许多。事实上，每个人都会经历与亲人的生离死别，尽管这种疼痛感终会被岁月抚平，但过程难免是撕心裂肺的。至今看来，对有过人生四季风霜雨雪的成年人而言，以老子“天人合一”、“出生入死”的认知理念面对生死，倒不失为一种心智成熟。

战 友

“战友，战友，亲如兄弟，革命把我们召唤在一起……”这首歌，凡是做过军人的，个个都会唱。这首歌唱响后，总能唤起浓浓的战友情。那么到底什么是战友？本义上，战友是指一起打过仗的军人，或一起参加过非战争军事行动的军人。广义上的战友，大致分为三类：一是同一个战场打过仗，或执行过同一个准军事斗争任务，共同经历过生死考验的人；二是同一个锅里吃过饭，共同经历了严格艰苦的集团化军事训练和日常部队生活，有终生难忘的情谊积淀的人；三是虽没吃过一锅饭，但都曾从戎行伍、履历袍泽，彼此之间感同身受的人。三种情形所衍生的战友情，在我看来可借成吉思汗本名，比作“铁木真”，即：第一类战友——铁哥们儿。以命相托，生死见证，乃战友情谊中的天花板。第二类战友——没说的。战斗情谊深厚，即使分别多年，今昔两判，也总能亲密如初、毫无隔阂；第三类战友——真能侃。说不尽的故人，道不尽的故事，言语中见真性情。

军人和老百姓

有朋友问我，军人和老百姓有什么区别？我这么给捋了一下：（1）生命属性有区别。军人与国家利益、人民利益绑得最紧，当国家核心利益与人民安危遭受外来侵害时，军人定会迎难而上临危而战，不惜流血牺牲慷慨赴死，而老百姓通常要躲避危险。（2）精神境界有区别。军人是法理上的人民利益捍卫者，当民众遭遇天灾人祸时，首当其冲抢险救灾、奋不顾身舍己为民是天职。军人个体见死不救要受军规军纪处理，而老百姓另当别论。（3）社会实践有区别。军队是执行政治任务的武装集团，其社会实践是军事实践，中心工作是军事训练和备战，所追求的效益是国防强固人民安宁。军人首先为大家，而老百姓通常直接为小家。（4）社会保障有区别。国家对军人在役期间的生活医疗等提供全程充足保障，不允许军人以商业手段获取经济利益，而老百姓则是通过常态化的生产经营活动获得保障。（5）政治待遇有区别。军人除享有普通公民的政治权利外，还依法享有国家给予的特有社会尊严和社会优待。

当兵的考验

有朋友问我，当兵会遇到怎样的考验？我这么给捋了一下：（1）生命极限的考验。部队的飞行航行操枪弄炮，恶劣环境下的实兵实弹演训演练，都具有直系人身安全的生命危险性，无疑是逼近生命极限的考验。（2）生理极限的考验。现代战争背景下的练兵备战，对军人体能智能提出了很高要求，须心智过敌、体魄过敌，更是对官兵生理极限的挑战。（3）团队精神极限的考验。信息化战争是体系对抗，精密协同、精确打击是基本要求，需要瞬间完成集预警料敌、防范手段、战法决策、高效打击于一体的联动，检验历练的是部队官兵的极限团队精神。（4）人性情感极限的考验。远离父母妻儿，镇守雪域高原、茫茫海疆、深山大漠……有太多的官兵，以一颗年轻的心经受着亲情爱情思乡情的持续煎熬，堪谓人性情感之大考验！

军人人格双重性

军人的意识与人格易具两重性，一重是对人民的爱与护，一重是对敌人的恨与狠。这种意识与人格的双重性，源自长期军旅生活和军事斗争实践。对人民的爱与护，是践行人民军队性质宗旨在军人头脑中的长期根植深化。对敌人的恨与狠，是以武装暴力对抗为基本形式的军事斗争实践在军人头脑中的长期根植深化。军人在军旅生涯中长期熏染的求真务实、严格自律、令行禁止、雷厉风行、团结互助、生死与共的作风与品格，在现实社会生活中，极易衍生为正直为人、与人为善、诚实守信、踏实肯干、坚毅无畏的个人风范。然而，如若这样的人格风范受到邪恶势力和奸诈小人的袭扰，就很容易唤醒他们深植于心的“敌情”观念和“歼敌”心理，尽管其中有很多尚不至于视之为敌，但在不可理喻、无望调适、难以规避，以致不出手就会加剧危害的情形下，他们会毫不犹豫地展现出英勇制敌般的坚决与果敢。这一点，应该说是契合存在与意识之辩证逻辑，以及对立统一规律的。

军人的忠诚

有地方朋友问我，为什么军人要特别强调忠诚？我这么给捋了一下：(1)军队灵魂使然。一支军队，断不可以没有灵魂。一个没有灵魂的军队，是注定不能长久不会强大的。军队的灵魂，亦称军魂。对人民军队来说，就是党对军队的绝对领导。人民军队自诞生之日起，就以党的旗帜为旗帜，以党的方向为方向，以党的意志为意志。当年以共产党员为主干的3000黄埔青年学子横扫陈炯明10万大军，就被周恩来誉为有灵魂。(2)军队组织使然。军队是执行政治任务的武装集团，要求组织体系严密，高度集中统一。任何背离忠诚的现象，都将有损于这一组织特质。(3)军队职能使然。军队的根本职能是武装斗争，要打仗就会有流血有牺牲。每一个战士的忠诚，每一支部队的忠诚，都是最低限度牺牲自己和最大胜算战胜敌人以致赢得战争的力量之源。(4)军人品格使然。军人的忠诚在战时更在平时，如果平时不注重筑牢崇高而过硬的军人品格，战时的忠诚就难以保证。革命战争年代，美制装备军饷充足的数百万国民党反动军队，被小米加步枪从不发军饷的人民军队打得落花流水，根本原因何在？就在于我军是一支党领导的绝对忠诚于党忠诚于人民的军队！

含泪的军礼

近日见到了当年老连队的一位老班长，30多年没见面，一见格外亲切。战友情长，把酒言欢。酒过三巡。他说微信朋友圈看到我写老母亲的短文，感慨万千。他自我检讨起来：指导员啊！我悔啊！小的时候，不大听娘的话，听爹的话，是怕俺爹的巴掌；上学的时候，听老师的话，不听娘的话，是怕老师当众批评处罚；当兵了，听你们这些领导的话，也不大听俺娘的话，是觉得娘没见过世面；谈恋爱了，听女朋友的话，不大听俺娘的话，是怕对象吹了；退伍后在企业混，听老板的话，仍不大听娘的话，是为了养家糊口，怕被老板炒鱿鱼；现在我身体状况不太好，干不动了，想守着老娘尽尽孝心，好好听听老娘说话，可是俺娘她……她痴呆了！说到这里，他大哭了起来，哭得让我也落泪了。我为他擦擦眼泪，拉着他的手说，兄弟啊！你还是有良心孝心的！咱娘不还在吗，其实，她虽然不能和你进行正常的语言交流，但你的孝心，老人家是有感受的，是会有心灵慰藉的。娘在孝心在，晚霞有余晖！来！为我们军旅生涯的为国尽忠，为我们今天的为母尽孝，干一杯！说完，我俩不约而同地立起身来，互敬了一个含泪的军礼。

军校那一年

大学毕业参军，经历了一年严格的军校生活，受到的思想洗礼、精神冲击和作风历练，似乎比大学四年要大要多……

军校那一年，没熬过一次夜，也没睡过一次懒觉，熄灯号熄的其实是长在脑袋上的“两盏灯”，起床号启动的其实是刚出厂还未包装的年轻版“新机床”。

军校那一年，没饿过一次肚子，也没吃过一次大荤，养成了定时定量吃饭的好习惯，也形成了热吃快吃的坏毛病。

军校那一年，在区队长喋喋不休的讲评下，在班与班应接不暇的评比中，不得不把以前不太当回事的搞卫生、整内务，以及穿衣戴帽、行进口号都当成了事儿。

军校那一年，课堂上挺直了被四年大学压得凹下去了的胸脯，训练场攀上了此前望而却步的单杠，射击场扛起了以往只是在电影上见过的整箱炮弹，闻够了枪炮弹药爆燃的硝烟味道。

军校那一年，于不知不觉中，有一天突然觉察到了自己心中和情怀里的精神富藏，这便是信仰、旗帜、国家、民族、忠诚、荣誉、责任、奉献、果敢、刚毅、战场、敌人、流血、牺牲……以及于心中默默升华了的无疆大爱！

致军礼！我的军校那一年……

兵之初

那年大学毕业，也才20周岁。依从父训，毅然投笔从戎，穿上了“一颗红星头上戴，革命的红旗挂两边”的军装。为了尽快实现从青年学生到合格军人的蜕变，我与其他地方院校大学毕业后进入军校的青年学子们一道接受了为期一年的严格军事教育训练。这一年，虽然领着工资，脚蹬皮鞋，上穿四个兜的干部服，但过着和普通军校生一样的学员生活，着实是我们的“兵之初”。因为是首个大学生中队，所以带我们的中队长、政治教导员是军校优选的两位军政素养很高的营职军官，特别是政治教导员，堪为对我的军旅生涯有奠基性影响的启蒙老师。他呕心沥血，有针对性地调研备课，操着一口浓浓的重庆话，对我们循序渐进地进行思想政治教育，其语言至今忆起如在耳侧。记得那一年的春季，我们全队100多人进行实装野外训练。为了丰富文化生活，教导员把组织营地篝火晚会的任务交给了我。过了几天，晚会准备就绪。当晚我整队向教导员报告时，没能按条令规范去做，出了个小洋相。报告词本应是：教导员同志，部队集结完毕，篝火晚会是否开始，请指示！结果报告成：教导员同志，篝火晚会准备完毕，请您点火！教导员当时接过我手里的火炬，

说了声：可以吧！全队学员都忍不住笑了起来。初春的中原大地，春暖乍寒，可因为这个不假思索不合条令的报告词，我的脸颊久久都在发热……

致敬老英雄

98岁的张富清老人病逝了，这位曾获得过“时代楷模”“共和国勋章”等殊荣的老战斗英雄，走完了他留给今天的人们许多无价精神瑰宝的世纪人生。建党100周年之际，我曾在荧屏上看到听到张富清老人一段动情的告白：和我一起并肩战斗的战士，他们都不在（牺牲）了，比起他们，我有什么资格拿出当年的立功证章，在人民面前显摆呀？老人的这段话，我至今记忆犹新。之后我曾用心了解过老人家当年的英雄壮举、赫赫战功，以及退役后封功埋名60多年的事迹，不禁心生敬仰。他的事迹近年来被媒体广为宣传，让亿万人感佩不已。这样一位世纪老人走了，我该以怎样的形式为他送行？思来想去，想对老人说这么三句心语：（1）封功埋名60多年，其实是因为您的青春魂魄与牺牲的战友一直系在一起；（2）选择到艰苦地区默默奉献几十年，其实是您的入党誓词在战场之外的竭诚兑现；（3）总书记亲手挂在您身上的“共和国勋章”，其实您能看到镶嵌在上面的您那些牺牲战友的面容和灵魂。世纪金光耀亮——张富清老人一路走好！

美好的记忆

看了一段军旅题材电视剧，勾起了我记忆中的往事。当年任连指导员的时候，很喜欢两个班长，两人为同一年兵，都是河北人，但性格迥异。一个每次受领任务，他都会讲些条件，不过讲得都还有些道理，交给的任务每次完成得都很好，让人非常放心。另一个是每次受领任务从不讲条件，就一句话：“好嘞！指导员（儿）放心吧！”但我发现交办他两件事总有一件办得很水。这两个班长给我的印象深刻，是因为打交道多，当年我也比他们大不了几岁，处于为官之初，他们对我的工作很支持。今天想来，之所以喜欢他俩，是因为一个总给我里子，一个总给我面子。作为过来人，今天忆起这两个可爱的班长，是由衷地觉得他们都是好兵，一个责任意识强，受领任务的同时就在掂量着完成任务的把握；一个服从意识强，先无条件接受指令，接下来再去想办法落实。这些，其实都是部队军事实践所需要的，各有其长。为此，我把他俩叫到连部聊过两次，希望他们相互学习、取长补短。这两位后来成了连队最好的骨干。记得两年后他俩同时退伍，送他们离队时，我们都流下了依依不舍的眼泪。那些青春岁月呵！至今忆起，令人感慨不已。

自识“八有”

当年一群投笔从戎的大学生，如今俨然已成一群年逾半百的大叔；当年风华正茂的教官、恩师，如今俨然已成鹤发童颜的尊长。这一群人呵，尽管身上已有无法抹去的岁月之痕，但终掩不住那颗怀揣热血的心脏。（1）胸中有世界——这是一群以大学获取的学识给改革开放初期的人民军队注入世界眼光的人！（2）心中有民族——这是一群以大义和忧患意识，把自己定位于努力成为最坚硬的民族脊梁的人！（3）志中有国家——这是一群因势而动，深知现代国防亟待科学技术奠基的人！（4）愿中有百姓——这是一群羽翼初成，便勇于搏击风浪为万家百姓守护家园的人！（5）眼里有沙场——这是一群深知器不如人，便毅然用学识和钻研为人民军队擦枪磨刀的人！（6）肩头有责任——这是一群不改从军初衷，经受过轮战考验、艰苦训练和带兵备战极限历练的人！（7）身上有本领——这是一群能文能武，穿着军装一身威武、脱下军装一身强干的人！（8）骨子里有血性——这是一群韶华不再仍血气方刚，在同学战友相约聚餐时仍如昂扬少年般的人！男人呵，有如此这般生命张力——壮哉！

话　风

军校的曹进教授回复我：睡在自己家，跟睡在学员宿舍，完全不一样，并说昨晚又去体验了一下军校学员生活。50多岁的人了，还有这般值得玩味的安排，让人好生羡慕。曹教授的话，一下子把我拉回30多年前，让我想起那时候的军校学员队生活及连队生活，确有太多的感叹和感怀。感叹的是，源自地方高校大学生生活养成的自由散漫作风，在那些年里受到了既毫不留情又不容分说的整肃，让我几近脱胎换骨。感怀的是，我在第一次任职带兵的七八年里，明显滋生了三种“本事”：一是晚睡早起，晚间查铺查哨，早起带兵出操。二是学会了讲粗话甚至骂人。尤其是在连队当主官的三四年里，从一个文气的青年军官，变成了时常会大呼小叫的兵头，以致那会儿在地方工作的大学同学都说我像是换了个人。我跟他们解释说，天天和兵在一起摸爬滚打，兵们就是这样的语境。三是历练了即兴队前讲话的技能，并能按军语口令要求，讲得既简洁明了又声音洪亮，既富有激情又不失条理，以致后来都深深地影响了我的话风。

英雄母亲

今悉88岁的“最美退役军人”“英雄母亲”王昌群（1934年5月—2022年3月15日）老妈妈离世，心潮难平。多年前我就看过有关报道，被她一家八人参军、六人上过前线、两个儿子在边境作战中英勇牺牲的事迹深深感动。作为一名退休职业军人，我谨向老人家致以崇高的军礼！悼念这位“英雄母亲”，也勾起我对一段铭心往事的回忆。

1984年7月，我在军校集训一年再次毕业之际，一天下午，教导员把我叫到办公室，郑重地对我说，边境前线轮战，我们中队分了10个参战学员名额，你是骨干（我时任中队团支部副书记，书记是在职副教导员），带头写个请战书吧！我说：是！教导员让我当晚就把请战书交给他，并允许我不上晚自习，独自留在寝室里写。

平日的训练曾写过多次挑战书应战书，这会儿写个请战书本是件轻而易举的事，可当晚我握笔的手却变得不听使唤似的僵硬，一个多小时过去了，一字没写。再有20分钟，同学们就要回寝室了，此时我做了个狠动作：一口把左手小指肚咬破，用鲜血歪歪扭扭地写了一行字：我要上前线！郝晨声。写完，我就把这张纸交给了教导员。

第二天上午全院开2000多人参加的大会，学院领导会上表扬并展示了我的血书。我当时想：这个前线我是上定了。我耳旁仿佛响起了李双江的《再见吧，妈妈》……我需要赶紧给母亲说一声，父亲是主张我参军的，也是打过仗的老军人，他那里说不说不大要紧。

我给母亲通了长途电话。母亲听我在电话里支支吾吾地把此事说完，很坚定地回了一句：儿啊！去吧！牺牲了是我们家的光荣，能活着回来更光荣！说完当即就把电话挂了……我愣了好一阵子才缓过神来。后来，我渐渐明白，素来性情刚毅的母亲当时不想把她作为母亲的柔弱让我感觉到进而对我产生不好的影响。

紧接着，集训结束后我被分配留校，军校决定留校学员暂不安排参战。那次没能上前线轮战，也成为我军人生涯的一个遗憾。

王昌群老妈妈，我的母亲，还有千千万万个为了国家民族尊严和人民幸福安宁敢于贡献儿女牺牲骨肉的母亲，她们不仅是英雄的来处，是英雄的魂魄，更是挺立在英雄身后的英雄！

写于2022年3月

一束鲜花

接到大牛的电话，他问我现在在哪里，我脱口而出：在高铁上，回乡看望老母亲。说完突然感到了不妥，赶紧说：信号不好，我下车打给你。结束通话后，顿生的懊悔情绪勾起了我对多年前一段往事的回忆。

大牛是我的中学同学，上中学那会儿，知道他家在十几公里外的山区，父亲早逝，体弱多病的母亲吃力地供养他读书。同学们住校，但每周五都要徒步回家取干粮。大牛家远，每个周末他母亲都借下山办事之由给他送干粮来。所以大牛周末也不离开学校，他虽然学习不拔尖，但比谁都刻苦。高考前夕，大牛的母亲病逝，他悲痛欲绝，但仍强忍悲痛，考上了东北一所专科学校，毕业后就留在东北工作。

有一年清明节，我们相约回乡扫墓，大牛跪在母亲坟头哭诉，他的话像针刺一样扎在我的心上，至今仍隐隐作痛。他说：娘啊！当年您说给我送干粮，是怕我回到家看到你顿顿饭在喝红薯粥啊！我的录取通知书您最终也没能看到，您的养育之恩我无以回报啊！我的娘啊……

我庆幸自己的母亲还健在，懊悔刚在电话里跟大牛提及看望母亲的话。心里暗自决定，这次回乡，一定要为大牛淳朴可敬的母亲献上一束鲜花。

朋　友

朋友是朝阳送进窗帷里的一缕晨曦，在夜色悄悄褪去时，唤醒你踏上新的旅程。

朋友是烈日炙烤大地时的一份清凉，在正午燥热之际，催促你来到树下庇荫。

朋友是夕阳映在山头上的一片彩霞，在悄然暗自拂来时，诱哄你泛起满脸红晕。

朋友是星星镶嵌在遥远处的一份美好，与你眨眼相望时，你的心会荡起层层涟漪。

朋友是月亮遨游在天海里的一叶扁舟，当夕阳隐去身影时，她担当了黑夜的光明。

朋友是月色星光护佑下的爱的使者，当大地万籁俱寂时，你能听到她心跳的声音。

好朋友

好朋友是什么？好朋友是时常想起、惦念，乃至惺惺相惜的人；是在你所认识的人中价值趋同、兴趣趋近的人；是彼此全面了解、深度理解，言谈举止都能心领神会的人；是偶尔发生点小口角、小摩擦、小意见都不会耿耿于怀的人；是在背地里护你声誉，关键时站你一边，困难时出手相助的人；是在你面前不会撒谎、不会算计、不会装相、没有忌讳的人；是疼你所疼、爱你所爱、敬你所敬、恶你所恶的人；是毕生都会将你视为自己置于心底的精神宝藏的人。茫茫人海、渺渺人生，在某个能够彼此依伴的时期，他总是会成为你愤懑时的倾听者、幸运时的分享者、快乐时的陪伴者、绝望时的托付者……以至于对常人来说，他甚至可以成为你的社会之天、人性之地、精神之舟……故曰：人不能没有真朋友、好朋友。好朋友，一生中有几个就足够。

真朋友

经常会听到这样的议论：某某某广交朋友，四面八方的朋友一大群；某某某不善交际，一个朋友也没有；某某某乐于交际，但没有一个真朋友！记得20多年前一位中央领导在《人民日报》发表的讲话，通篇四个简洁醒目的二级标题：广交朋友，深交朋友，真交朋友，慎交朋友。这是他在工作上的要求，对生活在社会之中的人来说，道理也是一样。那么，什么样的人才有朋友？才有真朋友？一定是会做人的人！做人的关键何在？记得我在军校工作时，常给战友写这么六个字：隐忍、乐失、悦人。我说做到这三条就会有朋友。简单地说，做到隐忍，不露锋芒，不轻易去伤人，你就不会经常站在他人的对立面；做到乐失，以失为得无私助人，你就会让人暗生敬意和感激；做到悦人，你就会格外受人欢迎。你说，这样的人能没朋友吗？你的朋友多了、人缘好了、口碑好了，自然会感到精神充实，很多事情也会一顺百顺。

大学同学

日前与20年没有见面的两位大学同学相聚，叙叙旧、喝两杯是难免的。让我出乎预料的是，北京来的于教授原先很能喝，因心脏放了个支架，喝酒心有余悸，就顺其自然了。而中原来的易所长原先同学聚会时一杯白酒也喝不了，如今像是换了副肝肠似的，变得很有酒量，我都有点陪不住了。看来人的酒量也是可以练出来的。大家心情好，自然把酒当歌。推杯换盏期间，这个说，当年我们住在一个宿舍，谁谁讲的方言听不懂，谁谁饭量大如牛，谁谁上学时已是两个孩子的爹，谁谁夜里尿床只能睡下铺。那个说，后来，谁谁当了院士，谁谁当了大学校长，谁谁发了大财，谁谁变成了某国国籍，谁谁失踪了好多年，谁谁没了。我说，老同学见面如此怀旧开心，缘于上大学时，正值青春韶华的人生观形成阶段，且对很多同学来说是跳出农门的人生转折；缘于毕业后即置身于改革开放时代，同学们踌躇满志地加入为国家经济转型发展奠基的队伍，每个人都用自己的表现谱写了一首奋斗之歌；缘于同窗四年，情同手足，毕业后各奔东西，履历里除了情缘便无任何利害交织。那年呵，我们都才十六七岁……

恩　师

20世纪70年代初，我在家乡农村读小学。记得一至三年级，我每学期的语文算术考试成绩都是满分，但没当过一次“三好学生”，因为我母亲是“右派”分子（1978年平反并恢复工作）。我的班主任是张老师，印象中她高挑、干练、漂亮，是那个年代的积极分子，同学们都很尊敬她。到了四年级，班主任换成了裴老师，他在新学期开学第一天就宣布让我当班长，协助他审改全班同学的作业。五年级时，班主任又换成李老师，当年我也被评为学校三好学生标兵。几十年来，每当我心里浮现这段记忆时，都会发自内心地感谢这三位班主任。张老师让我开始思考政治、社会、人生等沉重话题，催发了我超越年龄的心灵成长！裴老师、李老师（均去世）消解了我在特殊家庭背景下滋生的困惑，给我灌注了在人生观启蒙阶段稚昧前行时所缺乏的信心和力量。多年后我时常思考，若没有当初这样淬火煅烧般的调教，我的生命力不会这么顽强。今天是第38个教师节，谨以此文纪念恩师！

致老友

一句再见
不知再过多少年
一种想念
不知闪过多少面
一样祝福
不知念叨多少回
一番回忆
不知想起多少遍
一段往事
不知你可在牵记
一份情谊
不知你可在挂念
一项邀约
不知何日能兑现
一生不长
余生最好是今天

知　己

人海茫茫，我识几人？茫茫人海，几人识我？人性多隐，人情多移，千金易得，知己难寻。常人的一生，认识的人少则以百千计，多则上万，然而有过交情的人只是其中的一部分，这部分里能视为好友的充其量数百人，能视为知己的，恐就屈指可数了。前人叹人生得一知己足矣，斯世当以同怀视之，足见难得，足见宝贵。大致看来，彼此可视为知己的门槛有三道：第一道是难得一见如故的中高门槛，“难度系数指标”有阅历、志趣、心性、情面、利益等；第二道是历经荣辱甘苦的高门槛，“难度系数指标”有三观、行事风格等；第三道是毕生不离不弃的顶级门槛，“难度系数指标”有神会心契、情同手足、无人可替。若两人跨越了这三道门槛，那真就要恭喜二位达到大诗人李白所描写的至臻境界了：“人生贵相知，何必金与钱。”

知己二

一位人口社会学家这么说过，人与人沟通的概率非常小，两个陌生的人能够见面的概率是十几万分之一，能够说话的概率是几十万分之一，能够成为朋友的概率是百万分之一，能够成为知己的概率是千万分之一。所以《红楼梦》里说千金易得知己难求，百姓说人生得一知己、三五好友足矣，都还是有统计学依据的。上篇提到成为知己的三道门槛——中门槛、高门槛、极门槛。实际上，在现代社会，人因工作生活流动性大、社会交往广泛复杂、价值观多元多变，能迈过三道门槛成为知己的人，可谓凤毛麟角，弥足珍贵。非理想化意义上的知己，是跨越第一道门槛，并像人的手掌一样，做到五指俱全。一指：初见似曾相识——初步的印象与内在高价值标准、审美理想有较高契合度；二指：没有功利牵绊——相识缘由和交往均无情谊之外的现实功利性谋求；三指：彼此吸引欣赏——包括气质形象、作风做派、才华底蕴、人品道德等方面的高度认同和相互增益性作用；四指：彼此理解包容——对对方在了解的基础上理解，在理解的前提下包容；五指：性格性情投合——两人在一起有赏心悦目、舒适惬意的同感。五指俱全，知己便可把握。

交 情

端午节前一天傍晚，北京几位聚餐的老朋友打来微信视频电话，我和他们每个人都打了招呼，说了几句。视频中看到他们一个个微醺的笑脸，以及虽两鬓斑白但依然矍铄的精神头儿，倍感亲切。当晚躺在床上，几个人的音容笑貌和当年的袍泽之谊一一浮现于眼前。一位——当年为了我的提升秉正直言不怕得罪人的老首长；一位——当年在我面临困窘时主动为我排忧解难的老领导；两位——当年因完成工作上的艰巨任务受到高层褒奖，与我一同喜极而泣的兄长；几位——做人为官三观一致、相交甚笃、时常念叨的兄弟。人以群分、物以类聚啊！看到他们，就像是看到了我自己，而他们在一起，自然也会想到离开京城的我。视频电话里，首长的一句话“你到底啥时候回北京啊？我们都很想你呀”，勾起了我对他们深深的思念……

走！去趟北京，节后动身！

人际交往的盲点

人际交往是人类最基本的生活能力。交往方式各式各样、形形色色，但通常感性交往多理性交往少。流于感性的交往，总是会有一些盲点与误区，即人的内在差异性所导致的认知误区，以及由此带来的交流障碍。这些差异，比如先天智商差异、后天阅历差异、人文素养差异、源于原生家庭成长背景的三观差异、基于财富悬殊的生活理念和精神情趣差异、不宜甚至不可触碰的个人隐私差异等等。如果这些差异都被忽视了，就会犯一些非理性乃至低级的错误，相互间产生龃龉，而这些往往不是通过进一步沟通就能化解的，必须回到提升自身认知水平和处事能力上来。这么说吧，倘若你在生活中遇到这样一个人：他惯于平易近人地倾听、设身处地地关心、言辞由衷地同情、竭尽全力地帮衬，对别人不愿启齿的伤痛保持缄默。那么，请切记，此人或许可成为你的良师益友。

人之差别

从同一个起点出发去爬山，有的人体力不支半途而废，有的人误入歧途折戟沉沙，有的人却攀登到高处乃至顶峰……时间佐证着人与人的差别，而人与人最大的差别不在于初期的表相和外在的形式，而是主要在于先天和后天因素双重作用下所形成的内在品质的不同。人的先天性差别因素如基因、性别、年龄、出生地、民族、肤色、身高、长相、生活年代、家庭出身等；后天性差别因素有生活环境条件、家庭熏陶教养、个人教育背景、人格健全程度、身心意志品质、心理性格特征、思想行为习惯、工作履历经验甚至社会威望等。先天性差别难以自选，后天性差别可以改变，而后天性因素能在更大程度上左右人的命运。诸多因素融合在一起，最集中的作用点是“思想力 × 行动力”。无论你最初处于哪个社会阶层，有什么样的家庭背景、学识学历、环境条件，只要在某一领域或某几个领域，你的“思想力 × 行动力”之积为高分，最终就会与他人拉开距离，成为人群中的佼佼者。

人生秋季

秋天到了，路上便见到了落叶。人生的秋天到来时，生命的心叶亦然纷纷飘落。那是一片片自然成熟的金黄，那更是一片片千足成色的黄金。落叶知秋，立言识人。人的这一生，文学家说像日出日落、春夏秋冬，科学家说像自然抛物正态曲线，军事学家说像既有痕又无痕的弹道……虽角度不同，但都认为有起有落、有始有末，人人概莫能外。这样说来，我深感在人生下半场阶段，最应该做的，莫过于在人们可视天空之中献上片片彩云，在人们共命共运的旅途中洒下些许“黄金”。比如，满脸皱纹却难见苦难烙印的笑容，满身伤痛却甘为铺路人的品性，满腹苦衷却从未怨天尤人的豁达，满腹经纶却深入浅出的箴言，再如那阳光雨露般的沐浴滋润，以及高山大海般连绵涌动之爱……这，或许就是生命的张力和意义所在吧！

人生的意义

人生的意义何在？这个问题在继20世纪80年代初以年轻人为主体的关于本我与贫困的时代讨论后，与当今自媒体时代基于康宁生活的个体追问遥相呼应。令人欣慰的是，前后对比，后者更有人文精神的溯源意味，更趋近生命的本真了。人生意义无非是两条：一条是你在（以生命形式），你活出了自己；第二条，你在（以非生命形式），人类还有你的影子。在我看来，广义的人生，只要是一个于己、于人、于时、于世有益无害的完整过程，就是有意义的，就可以得满分。试想，与那些德不配位的官宦、那些腰缠万贯却为富不仁的富豪、那些沽名钓誉的戏子文痞相比，一辈子在土地上用汗水生产了千百吨粮食的农民，一辈子在机器前用辛劳制造了数万件产品的工人，一辈子在课堂上用赤诚培养了一代代学子的教师，一辈子在手术台上下用仁爱与精湛技术救治了难以计数病人的医生……他们的人生，才更具有本真的意义。

人生没有意义吗？

老子说，出生入死。许多人说，生命多则就是个百年的过程。相对于人类社会，人就是一个不长的时段存活于人群的匆匆过客；相对于人类文明，绝大多数人终将是文明植被下的一抔黄土；相对浩瀚宇宙，生活着数十亿人口的地球也不过是其中的一粒微尘。既然人生在世不能避免死亡，怎么活着都终将走向消尽，那么人生便没有意义了。

人生真就没有意义吗？究竟怎么看待人生的意义？这似乎成了关乎人类生存发展原动力的人类意识的自我否定和自找麻烦。应该说，从世界观的角度看人类，人类是宇宙中不可多得的高级生灵，人类的存在是混沌广宇中的一缕灵光。从价值观的角度看，唯独由人接续创造的人类文明，有能力有可能改观地球乃至别的星球的样貌。那么再来看看人生观，从上述意义上讲，人类是珍贵的，也是了不起的，但倘若把一个人和一个人的人生放大到了不起的愿景去探究人生的意义，得出的结论一定是失落的悲观的。从上述意义分析，人生的意义就在于:（1）曾经作为人类生息繁衍链条上成为某系某环的生命体——即活着（或活过）;（2）曾经作为人类生存发展链条上成为有益无害的生命体——即劳动者创造者;（3）曾经用自己

积极而富有责任感的生，赋予后来人生的意义而不是相反。

包括认为人生没有意义的人在内的绝大多数正常人，没有谁因为认定人生没有意义后而去主动结束自己的生命，反倒都在相当程度上不愿去死，这也许就是人生富有意义的现实版别解吧。

生命意义

曾经的一波呈燎原之势的病毒感染，使很多人经受了各种各样的病症反应，有的还经历了家中重症老人的猝然离世，这些促使人们思考了很多问题。其中，健康与生命成为近段时间散见于自媒体的话题。有的讲述生命没有意义，有的感叹人的一生有含金量的时日寥寥，有的对个人努力奋斗的价值产生怀疑，还有的对生命的脆弱及人生的无常唏嘘不已……总的看来，弥漫着一股颓堕萎靡情绪。可以理解的是，处在大灾大疫之中的人，多会滋生反常情绪，但成年人对此须有几个基本的理性的宏观认知支点：（1）人类的历史，是不断与病毒瘟疫斗争的历史。（2）人生苦短，古人比今人更苦短；人生无常，前人比后人更觉无常；病毒可怕，先人比我们更感害怕。需要正视和回答的问题是：人类何以繁荣昌盛，生生不息？（3）觉得生命没有意义，要么是对生命力趋向衰微的哀叹，要么是生命意义认知上的“发育不全”。试问，谁年少的时候这么认为？这类断言对今天的孩子、年轻人有半点正面用处和价值吗？（4）人的生命的意义，在于生命的智能化过程。在智能化生命历程的大部分时间里，正常人都会觉得生命是充满了意义的，包括突然有一天认为生命没有了意义的任何人。

生命力

生命力，通常指维系生物生命和生存发展的能力，也可指事物发生发展和自然运动的力量。人的生命力有赖于生物学意义上的生理机能和社会化意义上的精神文化力量。特别是后者，更是影响人的生命力的能动因素。自感相同年龄相近健康状况的人的生命力强弱，取决于心智素养与精神意志的三方面动因：（1）爱的能力。即兼具对大自然和人类之大爱，对国家民族之诚爱，对社会家庭之尊爱，对老幼亲人之慈爱，对怡心友人之钟爱，而不只是活在狭隘的自我里。（2）“思想力 × 行动力”。即始终保持思想力旺盛，在不同年龄段，有适应自身身体机能乐于从事兴趣之事的相应行动能力。“思想力 × 行动力”之积，随年龄增长呈平滑状非波动性渐变。（3）自律能力。即在参与社会交往、维护乐观心态、规范生活方式、管理有效情绪、保持经济能力等方面，具有明确目标、清晰思路和较强自控能力。实践证明，这三个方面中的任何一个方面的枯竭与失态，都会导致生命力的骤减。孟子说：“老吾老，以及人之老；幼吾幼，以及人之幼；天下可运于掌。”我们不妨说：“命之命，以及后天之命，可运于掌。”

生命的初冬

江南的冬天和北方的冬天几乎是两个概念。江南的冬天是让人打冷噤的，仅让你有不太长时间的冷意，大地基本上还是绿装。而北方的冬天是冷酷的，冬天到了，要做较长时间御寒的准备，直面接下来持续几个月的少有绿色的冰天雪地。今年整理冬装时，忽然留意到过去在北方生活养成的一些过冬穿戴习惯。比如，几顶帽子、几双皮手套、几件风衣、几双棉皮鞋，还有长短不一的十几条围巾等，都放置多年不用了。为什么今年留意到了呢？说白了是身体的御寒能力弱了。回想起来，在中原郑州，20岁时，冬天穿个牛仔裤就敢去逛街；30岁时，部队配发的棉裤从来不用穿。即使在北京，40岁时穿一条军制棉毛裤也敢过冬。前两天气温跌至零度，怎么感觉穿棉毛裤都顶不住了呢？不禁感叹，生命的季节已进入秋后初冬了，进入冬季的生命，就会有冷的意识反应，以及御寒的各种需求了。心想，在江南的冬天里，若哪天自个儿又把帽子手套戴上了，又把棉裤子棉靴穿上了，也就意味着要慢步走近趋于圆满的生命季末了。

人生如旅

人生如旅，古有铭志。前有李白“万物逆旅、百代过客”的诵叹，后有苏轼“万物如逆旅，我亦是行人”的感慨。旅途漫漫，踪迹如烟，出生入死，视死如归。任何人的人生旅途都在不停地回答三个哲学基本问题：我是谁？我从哪里来？我向哪里去？有的人行囊中少了面镜子，始终解决不好我是谁的问题，到底“不识庐山真面目”，以致总表现出愤懑之态；有的人胸中少了份本心初心，始终解决不好我从哪里来的问题，到底“不识青天高黄地厚”，以致总表现出骄纵之态；有的人手上少了具心灵罗盘，始终解决不好我向哪里去的问题，到底“拔剑四顾心茫然”，以致总表现出迷茫之态。事实上，如同世界上没有一片完全相同的树叶，人生路径可以有阶段性的平行，但永无可能重合。人生之旅，上下求索，风雨兼程，屡变星霜，如能奉行罗曼·罗兰的箴言，则可谓之澄明人生，即“世界上只有一种英雄主义，那就是认清生活真相后依然热爱生活”。

人生如驰行

北京两位朋友前天来宁，疫情原因，一年多未见，见了自然很开心。和其中一位民营公司总经理兄弟相识近20年，看着他从踌躇满志的小伙子，变成两鬓白发的中年大叔，遂感叹韶华白首，不过转瞬。他告诉我不久前医院查出他患了高血压冠心病，心血管有中度堵塞。我眼前顿时浮现出他所处的困境：身为独生子，从小失去父亲；自己养育两个儿子负担较重；从体制内离职艰辛创业；老母亲重病在身；疫情肆虐对公司影响很大等等，真是“压力山大”啊！作为兄长，我和他交流了一些想法：（1）出租车报废得快，是因为夜以继日地超负荷运转，人的身心也是一样。身体有恙，现在就需要高度重视起来。（2）公司经营欲速不达，很多人想一两年赚取一两辈子的财富，那是要有特殊条件的，而这种机遇几乎只跟千分之一的人有关。（3）当前疫情和经济形势下，能守住摊子、守住阵地，就是赢家、就是胜利。（4）有的人谈到身体过度透支，总说是被事业逼得骑虎难下、身不由己。其实，自感骑虎难下，就应时常扪心自问为什么骑虎；总认为身不由己，即须警惕会不会反害自己。人生如驰行，怎能不可控？

人生精进

哈佛大学一位心理学教授说，如果一个人的一生能吃尽这四种苦，那他的境界便会有大的提升，这四种苦即思考的苦、自律的苦、寂寞的苦和尊严的苦。

孟子曰，故天将降大任于斯人也，必先苦其心志，劳其筋骨，饿其体肤，空乏其身，行拂乱其所为，所以动心忍性，曾益其所不能。

西方文化与东方文化在人生精进上的思维逻辑是高度一致的。说穿了，创造生命价值的核心在于两点：一是在多大程度上抑制了人性的弱点；二是在多大程度上释放了自身的潜能。

中国老祖宗历来都讲吃苦是福，吃亏是福，自古英才多磨难。这种道理在于，吃过苦、吃过亏、经历过磨难之人，身上应对风雨的抵抗力就会比安顺享福之人要强大很多。

失败失落的人生，尽管有各式各样不尽相同的缘由，但归根结底都可以归纳为驾驭人性的失败。

人性之光

不知从什么时候开始，微信朋友圈里流传起“世间唯太阳和人性不能直视”之说。其本意可能是指人们不愿意看到人性丑恶的一面，但表述得有点过于简单，易有歧义，且夹带负面情绪。事实上，人性有迥异于其他任何动物的光辉，几乎人类所有的赞美与歌颂，都指向了人性。源于永恒之爱和人性之美，人类有了文明及文明的传承演进，产生了无数绝世枭雄和盖世英豪，创造了巨大的科技与人文成就，越发趋向更高级的真善美。但人性也确有自私和丑恶的一面，正因为人们直视人性的缺陷，人类才有了国家和社会发展，有了抑恶扬善的道德文化与法治。从一定意义上说，军队的武装，警察的手铐，法官的法槌，以及全社会以公平公正诚信友善搭建起来的防火墙，就是基于对人性丑恶一面的直视。应该相信，人类现代文明的澎湃激流，将会荡涤一切污泥浊水，强烈地激发出人类灵魂中的熠熠光芒。

人性的光芒

许多人说，世界上有两样东西不可直视，一是太阳，另一是人心。似在讲，直视人心，将不忍端详人性中的假恶丑。

也可以说，世界上有两种辉映生命的发光体，一是太阳，另一是人性。生命在太阳的光辉中孕育，生命在人性真善美的光芒里成长。

孔子说，人之初，性本善。荀子说，人之初，性本恶。其实人性的善与恶如同人的生与死，善向生而生，恶向死而生。

人性之光，是人类汇聚的智慧的源流，发端于善的巨大能量，辉映着人类繁衍的动力、生存的价值、进步的阶梯，以及人类文明在这个阶梯上的不断攀升。

人性之美，是世间一切美好事物的源泉。人性之美感，构成了世间所有美的事物之所以美的理由。人性之美的创造，升华了人世间所有美的事物的灵魂。

人性丛林

用温饱的基础标准丈量人的幸福指数，看来已经是过去时了。近些年来，在城市生活的小伙子，如果没车没房，别人都不便给你介绍对象；在农村生活的小伙子，如果没车没房（据说房子还须是城里的），真还找不到对象。幸福生活的概念没变，但门槛高了，以致婚姻的门槛也在加高，城市中出现一群一群的剩女，农村里出现一波一波的光棍。这个婚姻门槛，就像房价一样，内含许多商业炒作，满满的铜臭气息，毫不留情地稀释着许多本已解决温饱的底层民众的幸福感。不得不感叹金钱与资本的魔力，能让真善美羞羞答答，能让假恶丑粉墨登场。人类啊，一直就这样，从丛林里走出来，又进入到自己培植的人性丛林中，延续着另一种方式的弱肉强食，但愿人类文明最终能进入一个闪烁着人性光芒的绿色森林。

直视人性

人只要正常参与社会生活，就免不了直视人性。持不敢、不能、不可直视人性观念的人，往往容易走入受制于人性的窘境，这在我看来其实是骨子里的一种懦弱。你可以视而不见，也可以视而不言，但不可以不视不察，或只做表面文章。绝对强者、强者、普通人、弱者，对人性的直视是有差别的。绝对强者多不屑于直视，强者多粗略于直视，普通人多难于直视，弱者多忌于直视。作为社会普通公民，同等条件下直视人性的基本原则应该是倾听其言，重视其行。尤其是后者，无行不予采信，无行不作结论。因为言为行表，是本心术。直视人性，有个顺口溜可作借鉴："言私言利属正常，合作共赢是前提；言过其实要警惕，趋炎附势需质疑；言而无信必疏远，言而有信须珍惜；利己利人有良心，利己损人小人矣；贪欲重者宜切割，贪赃枉法扎藩篱。"直视人性，甄别人性，趋利避害，净化朋友圈，不和心理阴暗行为异常者交友，不给人品不端人性丑陋者机会，这既是自重自爱的自我保护，也是对社会道德风尚和文明精神的贡献。

人　祸

南京金盛商场的大火烧了10余小时，韩国万圣节踩踏事件致200多人伤亡，接连两个事故让人不胜唏嘘。天灾可叹，人祸可悲。尽管人的生命财产安全始终是大事，但往往由于预判不及防范不力处理不当而屡屡出现重大问题。从报道得知，踩踏事件中伤亡的多数是年轻人，100多条青春年少的鲜活生命就此画上句号，多少有些让人不堪理喻。近来发现，我每次开车出行，小儿开后车门上车时都要喊声爸爸，问他为什么，他不回答。问他是不是想确定开车的是爸爸，或想确定爸爸处于什么状态，他点点头。没人这样教过他，也没搞清楚他是从哪儿学来的，看似多余，却让我有几分感动和欣慰。感动的是儿子对爸爸的信任，欣慰的是他小小年纪就学会了置疑，有了防范意识。我表扬了儿子，肯定了他这种初生萌芽的严谨思维。真心祈求因粗心大意酿成重大遗恨的人祸，少点少点再少点。

人亦微

当我们把自己置于浩瀚宇宙的时候，每个人就是一道流星、一粒微尘，活着与逝去，无关宇宙运转，在宇宙里都是等量的存在。

当我们把自己置于历史长河的时候，每个人都是一位过客，这位曾来了一趟，那位曾走了一遭，就像风雨曾掠过的每一片树叶。

当我们把自己置于大地母亲身畔的时候，每个人都是一个宠儿，依存于大地怀抱，吮吸着大地的滋养，但最终都要全部还给大地。

当我们把自己置于现实世界的时候，每个人都是现时图景中的一抹云彩，未来并不太久的时空将变迁，曾经的图景将不复存在。

当我们把自己置于芸芸众生的时候，每个人都是人群里的一份动因，有属于自己的故事，属于自己的传说，终了便无关他人痛痒。

人类发展的群体迷失

偶然机会听到清华大学彭林教授说，现在我们所讲的发展大都是物质发展，而对于人类社会来说，真正的发展是人的全面发展，这也是最根本的发展，如果人真正发展了，没有什么事情是办不到的。这样说来，现代社会在一定程度上陷入了群体迷失。对这位教授所言，我亦有同感。

致力并实现人的全面发展，是马克思主义关于实现人类社会崇高理想的核心主旨。虽然物质文明的基础地位不会改变，但倘若物质发展以激发人的私欲占有欲、物化人的幸福观、边缘化弱势人群、轻视公德大义和良心良知、挤压精神文明发展空间等为代价，就不得不对物质发展和相应的模式进行一番人类社会责任层面上的反思了。

纵观数千年人类社会历史长河，眼前的时代是一个在发展成就、发展速度等很多方面都非此前可比的时代，但越是这样，越要重视发展质量，特别是发展质量中人的发展，否则，人的发展的异化将会成为一种潜在的倒退和破坏力，这是与人类文明发展背道而驰的。如果彭教授所言成立，但愿当今的人类社会中有越来越多的人，能够从这种迷失中走出来，从而找回人类自己。

人生缘何“不如意事常八九”

看到一篇释解“人生不如意事常八九”的文章，把其原因大致上归咎于五个方面：人类的欲望是无限的；人类的生命是有限的；人类的环境是不稳定的；人类社会是不公平的；人类的心态是不稳定的。这五个方面的原因，不能说没有道理，但分析理解的切入点和对症结的把握似有偏误。

对这句流传很广的古语贴切而负责任的理解，应当从人之“如意”的“意”上去剖析，即人之不如意，部分是由于认知水准不到位、阅历经验不丰富、期望值过高、得失心较重、自我调节能力较弱等自身原因造成的。尤其是在人生成长阶段，对人性正面的表象的东西看得多，负面的潜在的东西碰得少，看事物真善美多于假恶丑，对人及社会抱有简单化的预想，导致在社会上经常碰钉碰壁，总是事与愿违。

古人是很聪明的。杭州灵隐寺的一副对联“人生哪能多如意，万事只求半称心”，其实已经道出了真谛，即尊重事物规律，凡事顺其自然，直面客观现实，不求尽如人意但求问心无愧。如此，便能趋近精神自由。

人类的心物之道

物为首要的唯物主义和心为首要的唯心主义的对立斗争，几乎贯穿了全部人类社会历史，直至马克思主义哲学科学世界观的出现。唯物主义源于科学的萌芽，辩证唯物主义和历史唯物主义的出现，极大地导引了科学技术发展，而科学技术发展反过来又在丰富和拓展着辩证唯物主义与历史唯物主义的理论边界。2022年“量子纠缠”获得诺奖，在颠覆了一些传统科学理论的同时，也让一些为唯心主义正名的人翻了一把历史旧账。但当今的人类社会文明进步，毕竟不是由唯心主义主导的，即使意识被科学证明具有人所意识不到的作用特性，与此伴随的，也必然有拓展物质概念边界的同步证明。因为人类意识进化发展到今天，已经到了借助科技的较高级阶段，这个阶段同时也在固化着人类意识本身的局限性。人类无法呈现一个不以物质为基础的世界文明，物质世界的宏观微观运动属性，也不因人意识形态的改变而改变，那么对人类来说，世界物质性的基础地位也就无从变更。假如像有人预测的那样，一些宗教和神学里的唯心表述哪天也在某种意义上被重新确认，那也许是人类的意识迎来大洗牌的时刻。

归顺生活与臣服灵魂

白天归顺生活，夜晚臣服灵魂。这句话，言简意赅，内涵丰富，既是对人的生活状态的描述，也是对人的生活状态的梳理。对这句话的理解，通常有两个指向，一个是明指人白天属于社会，夜晚属于自己；一个是暗指人的社会化面目在明与暗、阴与阳之间具有两重性。对人生来说，这句话的指导价值还是蛮大的，问题是人们要知道其正确的指导价值在哪里。首先，我认为这句话顺应了人的生命运行契合于天体运行特征的规律，即日出而作，日落而息。这句话告诉我们，白天社会化，晚上则要适当去社会化，总是白天晚上不分、夜以继日地劳作，有违人的生理自然，身心是容易出毛病的。其次，人们在夜晚通常有三种生活行为方式：一是蓄能，包括对白天事务的整理、补充、收尾等；二是休憩，对精神与社会心理的调适、休养与抚慰；三是回归，即回归于亲情、爱情、友情的心灵家园。此可谓，归顺生活是安身立命，臣服灵魂则是休养生息。

在什么山唱什么歌

曾有一些机构统计60岁以上年龄的人一生最后悔的事项，还公示了统计结果，排在前面的有个人健康、子女教育、职业选择、夫妻关系等，似乎认为这样可以给年轻人以参考警示，甚至为他们指明一条通往无悔人生的捷径。我感到这基本上是在做一件无知无聊无用的事情。说其无知，是因为此举忽略了人生历程的不可逆性。可以说人无论生活在什么时代，无论是什么样的人生际遇和命运状态，仅以生命历程的不可逆性加生命的局限性，几乎任何时候的任何人都能找出一生最后悔事项来排出一二三来。说其无聊，是因为此举的人文价值是个负数，容易让人们特别是年长者强化悔意，松懈精神追求和生活情趣。说其无用，是指此举在对年长者的人文关怀上，既无营养价值也无激励功能；对年轻人的启示说服，既无现实意义亦无实际功效。其实，社会人的本来面目是在什么山就会唱什么歌；旅途没到目的地，没有满眼风景；山爬不到高处，何来广阔视野？人生的价值在个人独有的过程，即使阶段性状态也是独有的，无共性可言。

生命与健康

常听儿子说一句口头禅——天上飘来五个字儿，那都不是事儿。琢磨了一下生命与健康，我也捋了五个字：本、入、出、心、眠。然而，个个都是事儿。一、本——包括由基因、细胞、血液、器官、神经、人体骨骼等组织有机构成的肌体生理机能、遗传性疾病、先天性残障等。二、入——饮食、氧气的摄入、消化、吸收，阳光、气温的日常作用，以及所有外来生物、化学、物理、心理、精神等因素和方式的抚慰、侵扰与伤害。三、出——人体生理代谢能力，正常的生理、心理精神调适、排解与释放机制。四、心——主要指人的心智水平和能力，特别是后者。五、眠——指休息的意识和能力、睡眠的质量与效能。五个字本不可分，分别谈是为了便于认识。五个字像五环，环环相扣；五个字相辅相成，有机共生；五个字缺一不可，个个催命。其中，除了“本”可控性低一些外，其他都具有一定的可控性。但愿啊，管好五个字儿，健康不是事儿！

南太行

我的少年时代，是在南太行山脚下度过的。我父亲兄弟二人，一个叫高山，一个叫东山。但时至今日，我似乎才更深一步地理解了太行。（1）民族脊梁山。八百里太行纵横三省一首都，是我国地质地理概念上第二阶梯和第三阶梯的分水岭，也是黄土高原和华北平原的分界线，因此被公认为是天下（中华）之脊。（2）革命摇篮山。晋察冀根据地、晋冀鲁豫根据地、平型关大捷、百团大战、地道战、地雷战、交通战、麻雀战、西柏坡……单就这些具有革命和传奇色彩的字眼，就可以想象太行人民在中国革命发育、成熟、壮大阶段，付出的巨大牺牲，作出的巨大贡献。（3）中华奇迹山。远有愚公移山，近有挂壁公路、人工天河，太行人民与山共因缘，与山共奇迹。（4）概念艺术山。到江南生活后才顿觉，原来艺术家眼中山的壁立千仞，老百姓概念里山的雄奇壮美，史学家心目中的中华文明发祥地，都在我的家乡——南太行。（5）北方人的性格山。说到北方人的性格，人们多有简约直率、性情豪爽的描述，这不就是太行山的性格吗？

海

想了家乡的山，便又想到了海。不难想象一个在南太行脚下成长的少年，那种由来已久的对海的向往。后来有机会多次观海，让我渐渐看清了海的品格。（1）宽阔胸襟。对人类来说，如果把大地比作母亲，海洋就是护卫大地之父。海洋拥抱地球，融汇世界，是万物之源，众生赖以生存的山岳丛林、大漠高原，广袤平原，都是它的血缘宗亲。（2）博大度量。海纳百川，有容乃大。浩瀚海洋包容万物，何止万川河流？别说是人类近代不肖子孙的造孽，即便是亿万年间的地壳变化，又奈他如何？（3）不尽富藏。像人的精神富足一样，无以尽数的海洋生物和海底宝藏，是人类未来命运的生存空间与支撑。（4）无边恒德。山是挺立的恒定，海是奔流的永恒，海洋之于人类的恩德，与天际共长久，与日月同辉璨。（5）澎湃激情。时有潮涨潮落，常有风起浪涌，大海奔流不复、永动不息的激情，诠释了旺盛生命力的真谛。（6）惊天魄力。这么说吧，世界没有任何一种力量可以颠覆海洋，海洋则可以颠覆整个世界。

海的声音

相识的时候，我很庆幸地给了你傲人三分的不良印象，你佐证并试图征服我的傲气，便在心里点击了对我的关注。

相知的时候，你很自然地给了我刮目相看的新奇印象，我测试你的送别怪诗，被你在第一时间揭晓了谜底。

相恋的时候，我们都忘乎所以地向着从来没人能陪伴的高空飞翔，一路上留下了只有我俩能听得见听得懂的心语。

相望的时候，你说军装就是婚纱，小筑即可安家，无意生儿育女，从此我的心像风筝被你“放飞”、对你魂牵梦绕。

相守的时候，已有了儿子兵，这小子一会儿长得像我，一会儿长得像你，让我们两个“长官”总是对他发出变调的口令。

时光如长江滚滚东逝，我们相伴而行，心向大海，似已听到了海的声音……

爬山虎

每次在阳台，对面楼上的爬山虎便映入眼帘。十二年了，看着它从2层爬到14层，一年爬一层，时时让我想起那句“更上一层楼”。看得多想得也多，总结出这爬山虎令人起敬的品格：无惧风霜雨雪，倔强生长；不论地形地势，郁郁苍苍；看似若草若木，兴盛不衰……由此，我联想到人生的后半程，以下几条还是蛮重要的：（1）每天有一个小目标，给自己一种天天向上的充实感，像爬山虎一样，尽管可能是不到一厘米的进步。（2）每天有一点小兴致，保持一种愉悦感，像爬山虎一样，风中摇曳，恣意洒脱。（3）每天身和心有一次小交流，呵护自己的身心，像爬山虎一样，紧紧抓住固体之本。（4）每天与天地万物有一次大交流，给自己一个回归自然的机会。像爬山虎那样，无论怎样四下蔓生，脚下总要牢牢踩稳大地，笑迎风雨天人相合，以无名小草的体魄，长出参天大树的茂密。

丑　橘

不知从何时开始，喜欢上了吃丑橘。周日途经菜市场，马路边一个30岁左右的壮小伙儿在大声叫卖，身旁摆着两大筐个头硕大的丑橘，引起了我的注意。看我感兴趣，小伙儿操着一口安徽口音对我说：大哥来几斤？我说真还没见过这么大个的丑橘，就来几斤吧，挑大个儿的！小伙儿一边帮我挑橘子一边说，优质品种啊，瞧这个空筐子！刚才一位大姐先是买了几斤，家人一尝都说好极了，回头就把这筐里剩的十几斤都买走了。我呀，今年卖完这一季就不干这档买卖了。问他为什么，小伙儿说准备改经营丑橘的树苗了，市场贼欢迎。我说挑不少了，还没说多少钱一斤呢。小伙儿回话，八块五。一、二、三……小伙儿又给添了几个大个的，一称分量15斤。回到家把丑橘放在阳台，也没尝一尝就忙别的事去了。第二天回家晚，家人都休息了，见餐桌上摆着三个已剥开了皮的丑橘。我惊诧地发现，三个丑橘里，都只有五六个形态干瘪的橘肉瓣。上当了，被小伙子忽悠了！显然，家里人剥开丑橘后，看到这丑橘丑得都让他们没有食欲了，便以这种亮丑的方式表达对我的不满和嘲讽。看着这般情形，我想起了卖丑橘的小伙儿，以及现在看来他那番用心极为良苦的说辞，不禁感叹：这个小商贩叫卖的，原来是如同他的丑橘一般的丑陋呵！

仙　林

驱车行驶在南京市的仙林大道，车窗外阵阵秋风送爽，颇感几分惬意。曾几何时，这里是一大片林场，10多年间，沧海桑田，如今已是八街九陌，车水马龙。对于这片土地，我在真正住上几个春秋之后，建立起了强烈的认同感和归宿感。

我喜欢仙林的绿色。这里覆盖了高达70％仅次于钟山森林公园的绿植，地如其名。

我喜欢仙林的道路。这里的道路功能齐备、四通八达，让人开车不累。

我喜欢仙林的建筑。这里没有遮天蔽日的高楼，建筑风格别致低调，贴近自然。

我喜欢仙林的朝气。12所大学云集于此，年轻人笑语欢声、成群结队，可谓生机蓬勃，春意盎然。

我喜欢仙林的文化。不论是地名，还是街名、路名，都蕴藏着一种骨子里的风雅。

故咏：紫东绝俗地，自有仙风来，此隅安余生，岂能不舒怀？

信天翁

自由高傲的信天翁说：我飞得最高。一天，它毅然毫无顾忌地直抵九天，翅膀被寒流冻伤了。

自由高傲的信天翁说：我能在海面上睡觉。一天，它在台风中搏击恶浪，被汹涌的海浪击溃了。

自由高傲的信天翁说：我能滑翔无限远。一天，它尝试穿越大洋，终因体力不支不得不无功而返。

自由高傲的信天翁说：我能飞抵朝阳。一天，它向冉冉升起的红太阳飞去，飞着飞着眼睛被刺伤了。

信天翁拖着伤痕累累的躯体回到海岸，一群海燕冲它叽喳，有的说你做的事我们不想，有的说你做的事我们不敢，有说你做的事我们不能。海燕们飞走了，大声唱着：我们是自由的！

美丽的丹顶鹤

第一次领略丹顶鹤的美，着实被惊艳到了。在江苏射阳丹顶鹤自然保护区，护养员将10来只仅一岁年龄的丹顶鹤放了出来。随着一声口令，丹顶鹤群起飞翔，绕场一周后，缓缓飞回原地，简直就像一队绰约多姿、欣然登台的舞蹈演员。丹顶鹤的美，美在色彩。洁白如玉的羽翼，置于头顶的鲜红肉冠，让人有目睹仙女下凡之感。丹顶鹤的美，美在形态。灵动细长的颈项，后屈修长的双腿，让丹顶鹤天生一副亭亭玉立的高挑身姿，即使在众多种类鹤中，也有一种“鹤立鸡群”之感。丹顶鹤的美，美在声音。无论是出笼时的笑语，还是飞翔时的欢声，那声音都与其样貌有浑然天成之和谐，令人悦耳喜闻。丹顶鹤的美，美在高雅。其卓尔不群、出尘脱俗、从一而终等秉性，让人直感尊贵高洁，心生敬意。

美丽的丹顶鹤，难怪人们赋予她那么多顶级美誉和爱意，并以仙鹤之名赋之——如人世间真善美的化身！

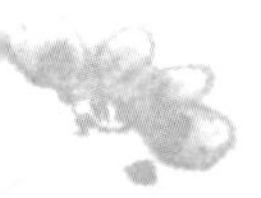

小　路

在小区花园曲径通幽的小路散步，有时会下意识地哼唱两句关于小路的歌曲，那是记忆里两段久远的歌声，至今仍引人无限遐想。

20世纪80年代初，歌唱家朱逢博的一首《弯弯的小路》，以“青春闪光、甜蜜的相会、爱情的花蕾”为主题词，和着改革开放的清新春风，吹绿了曾被禁锢为“资产阶级情调”的爱情旷野。这首歌后经歌唱家李谷一再度传唱，在全社会范围内激活了“80年代新一辈”青涩的青春。再向前追溯至20世纪40年代，苏联卫国战争时期的一首军事爱情歌曲《小路》，以姑娘追随爱人上战场为主题，极大地激励了当时苏联红军将士卫国杀敌的顽强战斗意志和英勇牺牲精神，时至今日仍不失为闪耀俄罗斯战斗民族精神的艺术经典。

工业文明时代汽车代步，大路越来越宽，越来越多，小路便显得不起眼了。但人们的双腿双脚毕竟是从小路走来的，也终将沿小路走去。因为在小路的更远更深处，有人们深植于生命的爱与憧憬，有人们期许的健康生活，更有人们洗涤灵魂的心灵家园。

山　路

小时候生活在太行山南麓的黄河冲积平原，一直有背靠太行面朝黄河的地理记忆。

对太行山路久远的印象有两个。一个是11岁那年，作为“三好学生”标兵被奖励到山里的480发电厂参观，下山时因我脚上磨出血泡走不了路，我的两位班主任轮番背了我很长一段路程。另一个是12岁那年，和母亲一道拉平板车进山里买烧火煤，母亲是“主驾”，我是“副驾”。十多公里路程，走一段，停一停，歇一歇，补充点水和干粮，跑了一整天的山路，汗水把身上的衣服湿了个透。记忆中拉空车上山就很艰难，拉着几百斤煤下山更是难上难了，我只能咬着牙全力为母亲分担。母亲是个很要强的人，几乎没人见过妇女携未成年儿子上山拉煤的，好在一路上有不少好心人帮忙。后来父亲从县城回来知道后，把母亲嚷了一通，之后就下不为例了。如是，那个年代的山路，在我心里烙下的，是抗拒的印记。

回到老家让弟弟开车拉我和老母亲进山，其实我是想借陪母亲兜风散心之际，顺便追寻一下少年时代那两串消失在山路上的脚印，可弟弟途中的一番话让我兴致大减。他当过当地路政部门领导，对山路变迁情况再熟悉不过。他说，那个雨天

“水泥”路、晴天“扬灰”路的时代一去不复返了！他指着山脚下的村庄说，这个村庄名叫山路平，以前因山路不平得名，现在名副其实了。

是的，当年的山路的确是变了。我由此在想，人呵，还是要有一点早年踏行山路山野的经历，不然年岁长了，何以达成心路心野的平阔呢？

生　态

生态，通常指生物在一定自然环境下的生存发展状态。大西北之行，在甘肃中西北部沿河西走廊驱车近千公里，沿途目光所及一片荒芜，特别是深入到沙石群岭深处，穿越重度雾霾区域后，真正体察到了这片土地恶劣的自然生态环境。群岭深处偶尔见到的零星村落，百姓依然住着低矮的土坯平房，一眼望去，几乎看不到炊烟和人影。同行的两位初到此地的战友深深感叹，没想到这里的自然环境条件这么差，还是好好珍惜我们的江南吧！因几位此前都是中高级领导干部，禁不住把话题引申到10年前的社会（政治）生态环境上来。看着眼前荒凉的景色，我不禁想到，在过去的不良社会生态环境下，人的境遇实际上就像这里的树木花草，这里的植被绿荫，以及这里受制于不良自然环境的百姓一样。值得庆幸的是，此前10年的治理成效显著，整个社会环境大为改善。我们应珍惜当下，迎着阳光乐观前行，我不禁忆起晋代大诗人陶渊明一首《杂诗》中的几句："得欢当作乐，斗酒聚比邻。盛年不重来，一日难再晨。及时当勉励，岁月不待人。"

烟　雨

可能是长期生活在北方的缘故，多年前就对江南如诗如梦的蒙蒙烟雨感到新奇，以致后来在这里生活，每逢细雨天，都会饶有兴致地在雨中的小径漫步，感受那份惬意。那雨是如烟的。烟雾朦胧中的细雨，徐徐落在身上是一层轻纱状的湿，好像在告诉人们，这里的天地人是一体相连的。置身细雨中悠闲散步，恰似置身于人生的烟云中。那雨是滋润的。不同于通常的下雨，更别说交加的风雨，如丝如绸的细雨，就像附着在肌肤上的蚕锦，那份轻柔和清凉，恰似对烽火往事跌宕命运的滋润和抚慰。那雨是让人惬意不让人尴尬的。微小的雨珠不像大雨浇在身上，而是微风般地飘拂在身上，没有雨和树木、大地碰撞的声响，但又仿佛有一种仙女般温顺的话语在耳边缭绕，不停地娓娓道来，好像在微笑着说，你从暴风骤雨中走来，看，我可是轻风细雨哟！又好像在怜惜地说，你一路奔波一路风尘走来，来，我为你接风洗尘哟！还好像在郑重地说，你无怨无悔地走来，喏，给你一个天地人合一的状态哟！

哈！江南的细雨呵，是美容的，更是养心的……

烟雨江南

几年下来，也渐渐习惯了江南的梅雨。梅雨与霉雨谐音，前者指梅子成熟的时节，后者指持续大雨的天气，常造成器物发霉。但不管怎么叫，结果都是一回事。梅雨是东亚特有的气候，于我国则是江南独有，阴雨连绵固然时有湿热难耐的不爽，但也能见到烟雨朦胧的景致。所以，烟雨江南一直以来都是传统文学里一个越不过的重要主题。近日在被誉为“南京绿肺、江北明珠”的老山国家森林公园待了两天，尽赏了山林间仙境般的云烟雨雾，引人浮想联翩、流连忘返。漫步在翠竹掩映的林间小道，从竹叶上溅下的雨滴打在身上似乎有了点清凉，用舌舔一下，似乎有股子嫩竹的清香味。远远望去，山腰间如烟云雾像缕缕白纱，舞动于起伏茂密的林海，每次情不自禁地抓拍，留下的都是一幅毋庸修饰的山水画，实乃如虚似幻的仙气缭绕，这让我不禁想起管鉴的诗词：江上青山无数。绿荫深处。夕阳犹在系扁舟，为佳景、留人住。已办一蓑归去。江南烟雨。有情鸥鹭莫惊飞，便相约、常为侣。

沉浸自然

早晨一觉醒来，首先想到今天进入阳春三月，室外温度4至17摄氏度，是个适宜踏青赏花的日子，便打算上午独自到羊山公园里溜达溜达。每年季节特征鲜明的日子，我都会有意识地让自己独自置身户外，与大自然进行一番默不作声的对话。对话的内容大致是三块儿，第一块儿是赏季。春天踏青赏桃花，夏天塘边听蝉鸣，秋天风中看落叶，冬天清晨望雪景。彼时彼刻，要向大自然表达由衷的亲近与欣赏。第二块儿是融化。就是把手头的事情心中的杂念全部置于脑后，像小猫小狗一样走进大自然，让身心得到以近乎安息的恬静，让这一刻失去所有具象的记忆，只留下空灵的或寻觅空灵的天籁之声。如此，去切身体悟一下老子的天人合一。第三块儿是感恩。感恩自然大气对地球生物特别是人类的宝贵而脆弱生命的护佑，感恩自然天地赐予地球生物特别是人类的生息繁衍的载福，感恩朗朗天道对人类特别是勤劳、善良、守正之人的垂爱，以及对懒惰、恶劣、奸佞之人的不容不恕。此乃人恶人怕天不怕，人善人欺天不欺。好了，阳光足了，出发！

黄河遗梦

生于黄河冲积平原，饮黄河水长大，一直想有机会驱车走一遍黄河，种种原因，至今仍是一个梦。

对黄河的印象，很长时间都是心中对立统一着的一个矛盾体。黄河最宽处在河南，两岸堤距近20公里；最窄处在青海，仅有40米。黄河流经九省区，灌溉面积达一亿多亩，养育数亿人，被誉为中华民族的母亲河；历史上黄河下游的河水泛滥多达1000多次，河堤决口改道20余次，被过去的黄泛区百姓称为害河。黄河上游的水本清澈见底、水质优良，但流经黄土高原，裹挟大量黄土泥沙，水色变黄，又有“脏河”的冤名。黄河每年带入下游的细沙，成为难得的制水泥、混凝土资源，然而每年多达4亿吨泥沙淤积河床，导致河床高于地面4至10米，又被称为“悬河”。

但不管何论，中华民族对黄河母亲河的认同是主流主旨，尤其是在民族情感和民族危亡关头，黄河总是象征民族魂魄的巨大力量，所以才会有《保卫黄河》《怒吼吧，黄河》等绝唱，才会有《抗大校歌》开篇的“黄河之滨，集合着一群中华民族优秀的子孙”，才有香港歌手张明敏的“长江长城，黄山黄河，在我心中重千斤”……古老的母亲河呵，如今中华儿女昂首挺立，必将终结您的沧桑苦难，向世界呈献您独特的金色容颜！

黄河饮马沟大峡谷

生活中确有许多冥冥之中的事情。之后心里偶尔泛起黄河情结，想到多年前就曾有过溯黄河西北行的念头，半个月之后，就有战友相邀成行。我们一同来到甘肃，第一站便是黄河石林景区南部的饮马沟大峡谷。据传，当年成吉思汗带兵打仗时，曾在此藏兵饮马，故得名。

饮马沟大峡谷位于腾格里沙漠南缘与黄土高原边缘交界处，是6500万年前新生代时期由河湖砂砾岩沉积而成的风蚀地貌。峡谷内高达百米的砂砾岩石柱石笋鳞次栉比，千姿百态，俨然一派原始荒芜的自然景象，处处给人以“奇、雄、险、古、野、幽”的视觉冲击。据介绍，2018年，饮马沟大峡谷被美国的纽时报评为全球52个旅行者打卡地之一。峡谷边上的黄河河道，顺谷成渠，蜿蜒迂回，水流湍急，比起中原桃花峪段的黄河水，水色微深，但并不显浑浊，有了一些源头活水的味道。我不禁感到，此次西北之行，虽然不是溯黄河而上，但也部分了却了旧愿。

我进一步想到，由黄河母亲河的情怀所幻化的，流淌在民族血脉中象征生命力的梦境，恐怕也不是轻易能用自己的双腿所能抵达的。毕竟，九曲黄河，幽深峡谷，那里有我们追溯不尽的文明与文化根系。

河西走廊的铭怀

来到大西北，途经了武威至张掖段的河西走廊。这个在我国大西北有重要历史地位和影响，历来作为沟通我国中原地区和西域的天然通道，承载了诸如开辟丝绸之路、多民族融汇交流等太多历史记忆的地方，可以说是一部了解中华民族形成、融合与发展的活教材。如今的河西走廊，生态地位非常突出，区域优势更加明显，依然在“一带一路”建设，西部大开发，以及黄河流域生态保护中，起着举足轻重的作用。然而，作为一名曾经的军人，对有关河西走廊更为铭心的认知，莫过于80多年前在这里留下的中国工农红军西路军的一段悲壮史了。当年，两万多名西路军官兵，带着沟通苏联、开辟西北根据地的战略使命，在枪少弹药少给养匮乏的情况下，与割据称霸西北的反动势力马家军浴血战斗，终因孤军作战寡不敌众，几近全军覆没于祁连山下，使处于战略转移和革命低潮的中国工农红军蒙受重大损失。尽管解放战争后期，我军于兰州战役全歼了马家军，一役尽报深仇，但西路军在河西走廊那段惨烈往事，一直是我军史上的一个痛点。作为后来人，来到此地，触景生情，不禁为当年那些西路军将士们感到深深哀痛！铭怀先烈，万代永垂！

缺水的大地

数千万年前的大西北，曾经是一片汪洋大海，而今却变成了缺水的大地。

一望无际的荒漠沙丘，袒露着没有一丝生机的沙砾岩风蚀地貌，数百平方公里范围内见不到一个村落，若不是尚能依稀看到沙丘上几处倔强的沙棘，还真有点到了火星的感觉。一条看不到几辆车的高速公路贯穿其中，让人颇有远古与现代交汇的强烈时空错位感。大片大片土地人迹罕至，导致这里地广人稀——因为缺水；一个省的GDP大抵与经济发达省份的一个三四线城市相当——因为缺水；没有绿色，没有河塘，自然也见不到一只飞鸟——因为缺水；低洼区域斑驳的草本绿植和那些欲哭无泪般的萎靡小树，似乎也在示意着干渴的无奈——因为缺水；频繁光顾的沙尘暴让这里的人们面容干涩、披灰挂尘，但他们说，衣服当天洗过，几小时就能干——因为缺水，空气非常干燥。

水利——一个关乎人类生存命脉的名字和事业，既要直面水泛滥的危害，又要应对水紧缺的困境，真乃关乎社会民生之大事。在绿色生活越来越成为人们社会生活核心价值理念的当下，可以想见，人类依存自然、改造自然、与自然和谐共处的路，的确还要走很远。

上天恩赐的特惠

慕七彩丹霞之名而来，所见所闻，直感不虚此行。进一步了解到，张掖此处七彩丹霞在10多年前就被国内地质化学专家验证并非严格意义上的丹霞地貌，而是彩色丘陵地貌。我国960万平方公里的陆地面积，丘陵地带就有100万平方公里，以江南丘陵为多。但彩色丘陵地貌，全国仅此一处。据考证，张掖彩色丘陵地貌，是一亿多年前湖泊中的水平泥岩和沙质泥岩，受距今0.8亿年的地壳运动挤压而形成的。地壳运动导致岩层由原来的水平向下凹，变形为地学上的向斜，核部为谷，两头上翘，翼部逐渐风化成彩丘地貌。置身其中，像是在欣赏一幅色泽斑斓、多姿多彩的巨型岩画。熙熙攘攘的游人，纷纷欣然留影，无不对大自然的鬼斧神工，发出由衷的感叹。联想到西北大地的经济社会发展受制于自然条件与历史条件，忽然间想到，10多年前开发并很快享誉中外的彩色丘陵美景，难道某种程度上不是以此让这里的人们直视到这样一份地球绽放给人类的别样笑颜，进而笑迎四方宾客，让这里的人们弥补一下外在因素带来的亏欠，收获一份上天恩赐的礼物吗？

阿丽米尔

新疆，一个拥有一望无垠的广袤大地和独特民族风情的神奇地方，一个从我年轻时就被“在那遥远的地方，有位好姑娘，人们走过了她的帐房，都要回头留恋地张望”的歌声牵引的地方，没想那晚在家门口的“新疆如孜烧烤”店边吃烧烤边遐想回味了一番。

与南空退役的两位年轻朋友相约在室外吃烧烤，于春天温馨的夜色里品尝来自新疆兄弟姐妹亲手烤制的各式正宗美味，本来就是件令人惬意的事情，而一个新疆小姑娘的出现，让我们眼前一亮，陡增欢愉。小姑娘是烧烤店一对维吾尔族青年夫妇的女儿，才五六岁，名叫阿丽米尔，她来到我们的餐桌旁，愉快接受我们的邀请，大大方方地坐上了餐位，用不太流利的汉语和我们交谈起来，一边交谈一边做一些维吾尔族人特有的肢体动作。我们给她拿了套餐具，给她夹菜、倒饮料，小姑娘瞅一眼爸妈，回头吃喝一口，显然是想趁父母不注意时赶紧吃喝两口，这个动作一直在重复。小姑娘长长的睫毛、灵动的眼神、敏捷的动作、超越年龄的练达，显得特别可爱，让我们也开心不已。只是问到学习时，她默不作声，不知是什么缘故。阿丽米尔，一个美丽可爱的维吾尔族小姑娘，但愿父母从早到晚的忙碌烧烤，能带给她快乐的童年，能帮助她健康地成长。

那年那月

那年那月，我不经意的一次回首，撞到了你窥视我的眼眸。于是，你把陡然泛红的脸庞，丢在了我的青春里头。

那年那月，我本善意的一次戏问，触碰了你少女的娇羞。于是，你把盈满眼眶的泪水，涌在了我的心头。

那年那月，我穿着新式军装回乡，你说我比照片更显俊秀。于是，你把我的新照，藏入你闺房的枕头。

那年那月，你听说我的母亲生病住院，便请长假到病房伺候。于是，你以亲生女儿自称，通宵趴睡在母亲床头。

那年那月，我假满启程归队，你拽我衣袖陪我行走。于是，满大街的议论，挂在了街坊四邻的口头。

那年那月，你数十天点灯熬油，寄来亲手做的精致信物。于是，夜深人静的候，我睹物思人多了对你的想头。

那年那月，你得知我在训练中负伤，还曾送医抢救。于是，你乘火车又徒步10多小时，急赶到人烟稀少的基地大门外头。

那年那月，你在我的相片堆里，看到有女军官帮我裁衣缝扣。于是，有两天时间，你和我说话不愿抬头。

那年那月，你不明原因来信告知，决意与我彻底分手。

于是，我百思不得其解，何以如此薄情不讲由头。

那年那月，我训兵管兵脾气暴躁，动辄想动脚动手。于是，首长找我训话，质问我为何这般混头。

那年那月，我一日三次长途电话，反复追问个中缘由。于是，你的罕见病诊断报告，摆在了我的案头。

那年那月，我火急火燎回到家乡，径直赶往你家门口。于是，你把头埋在我怀里哭诉，说医生讲你没有多久活头。

那年那月，我天天握着你的纤手，时时陪在你左右。于是，你能否祛疾康复，成为我生活最大盼头。

那年那月，我决计以一己之爱，携你与命运抗争共筑绸缪。于是，一纸结婚申请，在你熟睡时落于笔头。

那年那月，你来信难掩幸福之情，说因为有我此生足够。于是，尽管训练异常艰苦，我也天天都很有劲头。

那年那月，你信中说病情似有好转，已能舒展清脆歌喉。于是，我恰逢立功受奖，对你说我俩的前景很有奔头。

那年那月，你好一阵子没有来信，以致后来音讯皆无。于是，我终日魂不守舍，工作安排无序无头。

那年那月，连续几夜噩梦不断，直觉让我立刻寻你义无反顾。于是，我毅然开出准予结婚证明，首次登上民航机头。

那年那月，我回乡追问你的去向，近乎出现歇斯底里的症候。于是，母亲伸出颤抖的手，拉着我来到你的坟头。

那年那月，我顷刻间失去理智常态，在你的坟前咆哮哭嚎。于是，亲人们也以至上礼节，和着我一道顿足叩头。

那年那月，我高声诘问苍天，为什么讯无音人无踪？于是，母亲递来你的遗书遗言，看后我仰天长啸捶胸击头。

那年那月，我高声诘问大地，为什么爱无缘情更忧？于是，母亲转来你留给我的发簪，我把你含在嘴里呵！泪雨如注无尽头……

那年那月……

我的……那年……那月呵……

2022年深秋写于金陵

百年辉煌

你从贫苦中走来，带着对贫苦的伤怀；

你从灾难中走来，带着对灾难的恨切；

你从屈辱中走来，带着对屈辱的挥别；

你从大海边走来，带着国人不知的世界；

你从高山上走来，带着崇高信仰的信念；

你从刀光中走来，带着敌人屠刀下志士飞溅的鲜血；

你从硝烟中走来，带着枪林弹雨中浴火重生的激越；

你从牺牲中走来，带着革命先烈殷殷嘱托后的不瞑；

你从工农中走来，带着前赴后继越走越长的队列；

你从胜利中走来，带着劳苦大众推翻三座大山重见天日的宣泄；

你从独立中走来，带着对霸权主义封锁恐吓穷凶极恶的轻蔑；

你从奋斗中走来，带着自力更生大干社会主义的旷世伟业；

你从改革开放中走来，带着人民对幸福生活的向往关切；

你从为人民利益中走来，带着定要让人民高兴让人民满意的信念；

你将向未来走去，带领14亿人民奔向现代化奔向中华民族伟大复兴的理想境界！

敬香邓公

今天是邓小平同志逝世26周年纪念日。一早，弟弟发来一组照片。照片上，年迈的老母亲点燃三炷香，面对着她45年前亲手从刊物剪裁并贴在自己卧室墙壁上的邓小平像，双手合十，真诚祈祷，缅怀她心目中的这位伟人和恩人。45年前的1978年，母亲彻底获得平反并恢复工作。也是从那时起，邓小平的名字和形象，便成了母亲获得新生的精神灯塔。那幅已经有些泛黄的小平照片，在她悬挂各种照片的最显著位置，一挂就是45年。记得母亲曾对我说过，邓小平两度恩泽于她。一是邓小平力主拨乱反正。为此，她在年近半百之际平反昭雪重新上岗，此后惜时如金，呕心沥血，昼夜超负荷工作，继20世纪50年代被评为省优秀教师后，再被新乡地区授予“曲啸式模范教师”荣誉称号。二是邓小平力主改革开放，让包括她在内的广大民众衣食无忧。新中国成立前的颠沛流离，建设时期的商品短缺和各种运动，包括后来的含辛茹苦，都因邓小平开创的改革开放而成为了历史。“我能幸福生活、安享晚年，不能忘了邓公……”看着照片上一位年逾九旬的老人向世纪伟人表达感恩，我深切感受到了蕴含其中的积淀深厚的分量！

写于2023年2月19日

和平卫士

郁建兴烈士的遗孀徐女士，发来今天在江苏靖江郁建兴烈士墓园举行集体纪念烈士仪式的视频，看后非常激动并勾起一串回忆。20年前，受联合国委派，我军防化指挥工程学院国际知名化武履约专家郁建兴赴伊拉克执行化学武器核查任务，为维护世界和平献出了宝贵生命，被联合国授予“世界和平卫士”殊荣。当年，我被总部首长派往防化指挥工程学院，指导学院展开宣传烈士的前期工作，期间做了印象深刻的两件事：一件是指导学院政治机关研究拟订了宣传烈士的一揽子计划方案；另一件是感动于郁建兴烈士的事迹，与总政剧作家王宏（后任总政话剧团团长）共同创作了独幕剧《大爱无言》。学院党委采纳了我的建议，将学院主干道命名为建兴路。一晃20年过去了，此时此刻，我的脑海里再度浮现出郁建兴烈士的形象。真乃烈士灵前忽泪飞，风鸣鸟咽人同悲。先驱血染和平路，青史留芳万古垂。

写于2023年2月21日

战斗精神

今天是10月25日——中国人民志愿军入朝作战72周年纪念日。记得10多年前，我曾在央视七频道为全军新战士授课《英勇善战》，其中讲到毛泽东当年评价抗美援朝战场上美军是“钢”多“气”少，而志愿军是“钢”少“气”多。毛泽东讲的“气”就是战斗精神。之后在座谈中有战士问我，为什么当年志愿军那么能打？我是这么解答的:（1）保家卫国，正义之师。新中国诞生后，美帝国主义以多种方式觊觎我国台湾省，以美军为首的“联合国军”公然侵朝越过“三八线”直逼并轰炸我国边境，我志愿军入朝乃“打得一拳开，免得百拳来”的正义卫国之举。（2）1950年，国内尚未解除战争状态，我军带着打败800万国民党反动军队的胜利之师的冲天豪迈之势，有很强的战斗续航能力，有敢打必胜的坚定信念。（3）我军有毛泽东的运筹帷幄，有一批从长期战争环境中摔打出来并长于以弱胜强打恶仗长于战场指挥的精英将帅。（4）我军有数百万在多年战火考验中骁勇善战，具有顽强战斗作风意志和高超战技术素养的英雄战士。

历史时刻

北京时间4月16日凌晨，在英国举办的世界职业拳坛重量级WBO过渡性拳王争霸赛上，中国选手张志磊对主场选手乔伊斯六回合以TKO获胜，赢得了这场世人瞩目的比赛。作为关注世界职业拳击多年的忠实观众，我为这一历史时刻的到来兴奋不已。这是因为:（1）划时代意义。此捷终结了世界重量级职业拳赛冲击金腰带阵营从来没有黄种人亚洲人的历史，终结了英国重量级拳王乔伊斯19连胜的战绩，也回击了世界WBO重量级拳击赛不看好包括张志磊在内的亚洲人的国际体育界舆论。（2）象征性意义。张志磊以往穿国旗短裤的身姿和这次获胜后现场披国旗嘶吼的豪放，让人为之动容！他无疑在告诉世界特别是告诉西方：很长一个时期，认为中国体育阴盛阳衰，且只长于低对抗性低耐力低爆发力项目的观念是错误的。（3）励志性意义。张志磊年近40岁，只身赴美训练，历经8年的艰苦训练，顽强挑战身体、意志极限，频频为中国人长脸，为中国河南人长脸，让国人为之由衷大赞，为之倍感骄傲！

写于2023年4月

铭　记

今天是第九个南京大屠杀死难者国家公祭日，借以纪念85年前在南京大屠杀中被日本侵略者残忍杀害的30万同胞亡灵。上午10时许，国家将再次在侵华日军南京大屠杀遇难同胞纪念馆举行公祭仪式，届时有举国一分钟的鸣笛默哀。作为一名曾经的共和国职业军人，一名南京市新市民，近年来每到这个时候，都会有那么一阵难以承受之痛，难以释怀之堵，难以遏止之愤。沉痛的是，一个有着5000年灿烂文明的泱泱大国，在近代始于封建当朝无知的故步自封、妄自尊大以致陷入落后衰弱的不堪境地后，每每直面列强和侵略者的同胞，大都无异于一群群可怜无辜的羔羊。心堵的是，抗战初期蒋介石“攘外必先安内”的不抵抗政策助长了日本全面侵华野心，造成难以挽回的战略战场被动和人民空前劫难，着实令人不齿。激愤的是，当年日本军国主义对被侵略国家的兵民残忍暴虐到令人发指的程度，给本国人民也带来了几近灭顶的灾难，可时至今日，日本国内这种民族伤痕记忆逐渐淡忘，军国主义复萌。对此，有必要正告一切反动势力，中国已今非昔比，今天的中国所具备的意志和力量，将不会让屈辱历史重新上演。

写于2022年12月13日

天　佑

令全世界瞩目的2022年国际足联世界杯决赛，昨晚在阿根廷与法国这两支老牌劲旅间展开。比赛中双方攻势此起彼伏，比分呈戏剧性变化，最后加时赛战成3比3平，进入点球大战，阿根廷队员、技术及运气略胜一筹，最终拿下比赛捧起大力神杯。赛前，舆论普遍看好法国队，认为法国队无论是主力队员阵容、队伍的年轻化，还是与梅西赛场对抗尤擅长边路快速突击的球星姆巴佩，都与阿根廷队形成略占优势的对比。这本也客观，但赛前我的意愿和判断还是阿根廷赢得这场决赛。缘由在于：一是大力神杯既是阿根廷国足沉寂了36年的荣耀，也是梅西率领阿根廷队数度征战世界杯的殷殷梦想，还是梅西个人诸多世界级荣誉中唯独的缺憾，以梅西为队长的阿根廷队给予本届比赛的精神和实力准备，非其他球队能比；二是法国队乃上届冠军，在世界杯历史上，已经60年未出现两次卫冕冠军；三是赛前传法国队多名球员得了一种传染病，恐有心理阴影。昨晚这场决赛，堪称为年长的梅西和年轻的姆巴佩两位巨星的闪亮对决，结果是梅西和他的队友笑到了最后。

共度时艰

近日看到栖霞物业客服中心关于在小区设立“睦邻宁好”物资共享平台的倡议书，以及该中心在小区设立的共享药箱，顿时有种清风扑面之感。城市社区在当前应对疫情方式陡转、各方面准备都有些仓促的情况下，如何倡导睦邻友爱、尊老携幼、扶弱助困的社区良好风尚，物业管理者们动了脑筋、开了个好头，做了件暖心之事。这和我前几日遇到的一起两位路怒族因行车互不相让便下车大骂出口大打出手的景象，形成了一正一反的强烈对比。这不免让人想到，疫情带来的一系列负面影响，既有对家家自保、人人自危的恐慌心理的加剧，也有对人们基于正常工作生活的社会心理的冲击，使得一些人蓄积了一些烦躁和戾气，以致气一触即发，火一点就着。越是这样，基层管理单位和部门就越要秉持以民生为本的意识，做一些应急的统合的调适工作，用有针对性的务实之举稳定群众心绪，形成齐心协力共克时艰的良好氛围。这样，大家面对困难战胜困难就会更有底气。

没有硝烟的战争

防疫抗疫是一场没有硝烟的特殊战争。既然是一场特殊战争，就意味着进入了特殊的战争状态。

这场没有硝烟的特殊战争，其特殊性在于每个人都是不能置身事外的战士。有战斗姿态的叫战士，没有战斗姿态的叫苟活。

有朋友说满大街没人，小区院内看不到几个人，有种瘆人的无助感恐惧感，我说恰恰说明大家都在战壕里。

没有硝烟是次要的，关键是病毒无影无踪，手段多样，这是这场特殊战争的非对称性，好在我们的非对称应对手段也越来越多。

历史上从没有过能毁灭人类的病毒。当人人都成为有战斗素养和战斗姿态的战士时，人类赢得这场特殊战争就为期不远了。

文明精神的呼唤

物质需求是人类生存中最具基础性和先决性的部分，精神需求则是人在满足基本物质需求后具有伴生性和继发性的部分。通常来说，单纯的物质生活叫活着，赋予精神文化内涵的物质生活才是完整意义上的生活。不具有物质基础的精神文化追求是困难的，也时常会是尴尬的。反过来，不具有精神文化品位的唯物质生活则是乏味的，也是苍白的。物质生活与精神生活可有先有后、有轻有重，亦可你中有我、我中有你，相互转化，但不可厚此薄彼、顾此失彼。经济社会中，物欲横流的社会思潮带来的最大负面影响，莫过于对精神文化的漠视与挤压，导致出现人的精神崩溃等极端生命异化现象，出现人生观价值观严重物化趋势下的道德沦丧和文化流弊。每每想到人人都在挖空心思赚钱，人人都将一切用金钱衡量的时候；每每想到太多的人已既没兴趣也没工夫去欣赏高雅艺术、流连诗情画意，乃至近乎失去审美和艺术味觉的时候；每每想到一些社会思潮几乎要把嫌贫爱富冠冕堂皇地推到正义舞台的时候，便会生出怅然若失之感。此时此刻的身心，像是如梦如幻地站在现代化摩天高楼之巅深情呼唤：回来吧，人类的文明精神！

公民道德宣传日随想

每年的9月20号，是我国法定的公民道德宣传日。

作为一名哲学爱好者，我在公民道德宣传主题触动下，想到了18世纪德国古典哲学创始人、思想家康德的三句名言，在此冒昧做些个人理解上的引申：（1）这个世界上有两样东西最能震撼人的心灵，一个是我们头顶上灿烂的星空，一个是我们内心里崇高的道德——看清人类所处的客观世界，将自己区别于低等生物。（2）把人视作手段，而不以人本身为目的，这永远都是错误的——任何时候都不能淡化甚至异化以人为本的理念，做于己、于人、于国家、于人类有意义之事。（3）自由不是想干什么就干什么，而是不想干什么就不干什么。这三句话分别直击世界观、人生观、价值观，记住并时常琢磨它，人生定会有不一样的收获。

久远的雷锋

今天3月5日，是毛泽东“向雷锋同志学习”题词发表60周年纪念日，也是学雷锋日。因在街上没有感受到相应的气氛，便不禁浮想联翩起来。当年“对待同志像春天般温暖，对待敌人像秋风扫落叶一样”的雷锋精神，在今天似乎变了味道。遂想起自己曾遇到的“对待同志像秋风扫落叶一样”的戾气满满的几位年轻人来：路上互不相让直至大打出手的“路怒族”；因占车位发生口角进而互殴招众人围观的青年男女；还有疫情严控期间，一小伙子因做核酸插队引起老人不满，两回碰见小区个别年轻业主和门卫保安发生冲突……这些本不应该发生的事情，可如今似乎变得常见起来。全民范围开展社会主义核心价值观宣传教育已有很多年了，其中对公民核心道德要求的最后一条就是“友善”，只可惜在一些人身上，至今连“友善”意识的影子都看不到。或许是因为疫情影响，前两年日子难熬心情不好的原因？但越是这样，好像越应当相互理解体谅，抱以患难与共的心态才对。况且，为不值当的小事置气，在众目睽睽之下丢人现眼风度尽失，没去掂掂到底争到了什么？自己又失去了多少？这当口，想想当年“出差一千里，好事做了一火车”，且每个月都从29元工资中拿出20元支援国

家建设的雷锋，上面那些惯于秋风扫落叶般凌人的年轻人，是不是也该有些良知和价值观上的反省呢？

写于2023年3月5日

感 恩

聪在宇宙在——感恩听到远自天际的天籁之音，近在耳边的呢喃情话，昼夜如歌的生息变转——我与宇宙相通。

明在世界在——感恩看见辽阔无垠的森林草原，人来人往的熙熙攘攘，千姿百态的花鸟鱼虫——我与世界相融。

情在缘就在——感恩邂逅一见如故的惺惺相惜，心有灵犀的心照不宣，不约而同的殊途同归——我与挚友相望。

心在爱就在——感恩牵动一见钟情的灵魂足音，命运与共的和弦交响，一往情深的顾惜眷恋——我与灵光相映。

我知故我在——感恩畅享世间美好的生命律动，血缘亲情的依偎陪伴，素朴清淡的天赐香甜——我与人寰相生。

感恩二

感恩阳光——原本没有你就没有我。假设突然没了你，我会失去家园，再也没有日子过，并很快在寒冷的黑暗中佝偻着死去。

感恩空气——原本没有你就没有我。假设突然没了你，我会瞬间被太阳照射灼烧，在一呼一吸之间窒息而亡。

感恩水——原本没有你就没有我。假设突然没了你，人的生命之源便会枯竭，生命载体的涌流便会干涸，生命之舟将会搁浅。

感恩大地——原本没有你就没有我。假设突然没了你，人类会在饥饿中挣扎，最终在相残中毁灭。

感恩他人——原本没有你们就没有我。假设突然没有了你们，我会在极端的孤独痛苦中死去。

阳光、空气、水、大地、他人——这些看似司空见惯实乃无价的存在，全都不是身外之物。

感恩节感言

感恩节虽然是西方的节日，但也可以引申为现代人类在世界观、人生观、价值观上的一个契合点，借此时机表达一下对感恩的认识。

感恩之心不是与生俱来的，是后天培养的美德，精神归宿的反悟，及人格成长的理性。

一个连孝心都不尽的人，指望他能对周围事物心生感恩，无异于让公鸡下蛋母鸡打鸣。

感恩之心是对自然的敬畏，对生命的尊重，以及对社会的贡献和对幸福生活的歌颂。

感恩既反映心态更反映状态，懂得感恩的人，至少说明他与身外身内之物都有沟通。

知感恩与不知感恩的人的最终差别是，在上苍面前，一个有尊严，一个没尊严。

清明雨

清明雨是春天的吟唱。仲春暮春之交，万物复苏，枯草萌绿，百花争艳，春和景明。送走寒冷的冬季，大自然给予人们抑阴回阳的生命力舒畅。风清月明之际，清明雨如丝如缕、如烟如雾、随风洒落，传递着对大地的亲和，对万物生灵的温润，于是有了“小楼一夜听春雨，深巷明朝卖杏花”“沾衣欲湿杏花雨，吹面不寒杨柳风”“好雨知时节……润物细无声”等一系列美妙的诗句。

清明雨是苍天的垂泪。古有寒食之禁，今有祭祖之风。传说归传说，风俗蔚然成。在中华民族的千秋认知里，冬去春来，生灵萌动，人们在生命力舒展的时节，自然会想到生命的逝去，怀念故去的亲人，所以有“清明时节雨纷纷，路上行人欲断魂”“佳节清明桃李笑，野田荒冢只生愁”“一年一度雨清明，大地处处闻悲声”等一系列颇感沉重的诗句。古往今来，清明雨总是给春雨的自然属性附上一层以生命溯源为内涵的人文属性，从而成为发达民族根系的文化沃土。

清明雨呵，被你催泪催情的人们总会生机盎然，向死而生……

立　冬

今日立冬，冬天到了。在经历了春暖夏热秋凉的人生之旅后，冬寒能给人们带来哪些哲思启悟呢？（1）知寒知暖。入冬凉风刺骨，冰封雪盖，求暖是人的本能反应。经历过寒彻心骨的风霜雨雪，才能参透人生的寒与暖，只是有一些人暖则忘寒，寒则求暖。（2）知放知敛。季节的欢畅，在冬季步入肃静。人生在旺季时砥砺前行，在淡季时则需沉思静敛，只是一些人有张无弛，有疾无缓，嗔心有余，静安不足。（3）知进知退。秋获丰收，大地休眠。人生的安危得失多有图解，全在休戚进退之间。（4）知显知藏。春夏秋显山露水，冬渐寒肃，转入冬藏。人生栉风沐雨后，臻于藏锋敛锐。（5）知蓄知修。知物由学，敏学养心。人一旦任由学养枯竭、思维衰老，就会像生命在冬季走到尽头，再难迎春天。

冬 至

今晨5时48分，我们迎来了年内最后一个节气——冬至，这标志着今日开始进入数九寒冬。有句老话：夏病冬防，冬病冬治，夏补三伏，冬补三九。大疫当前，社交活动减少，借机做好两件事，不失为危中偷安、闷中窃乐。一件事是加固亲情。平时上班出差，频繁社交，难得静下心来和家人待在一起朝夕共度、相濡以沫，难得有这么多的时间和家人一道做做饭聊聊天，这对营造温馨家庭氛围，加固浓郁血缘亲情，无疑是大有裨益。另一件事是调养身心。一方面，当前的个人防护，本身就需要重视饮食睡眠，保持以提高免疫力为主旨的充足营养和休息。另一方面，忙了一年，不免身心疲惫，寒冬又至，对身体和心境而言，也是到了需要休整调养的关口。若把冬至以后的今冬，过成防疫祛病、调养身体、浓郁亲情、清心补脑的一段特殊日子，一定会让狂逆的奥密克戎家族在春天来临的时候知难而退。

北方的雪

说是过两天降温，抬眼望了一下窗外夜空，朦朦胧胧没有一粒星辰，似乎预示着冬寒将袭。冬至过去半个月了，天气没怎么变冷，更看不到雪的影子，不免怀恋起北方的雪来。儿时喜欢雪，是因为好玩，堆雪人、打雪仗好玩，在雪地里摔跤好玩，吃冰溜子好玩……上小学时喜欢雪，是觉得飞雪迎春，过年有了盼头。同学们也认为雪花洁白干净，还比着吃两口，后来老师不让吃，说雪是脏的，大家你瞅瞅我我瞅瞅你，心里很是纳闷儿。上大学时喜欢雪，倒是有几分爱慕虚荣，在雪天里穿上父亲留给我的苏式军棉袄和军皮靴，招来同学羡慕的目光。为官之初喜欢雪，是想偷点懒，觉得下雪就免出早操，增加室内活动安排，少点儿训练场摸爬滚打。再后来喜欢雪，就是喜欢雪的景致了。无论是置身于部队营院雪松林立、绿白辉映的飒爽，还是登高远眺，一览千里冰封、万里雪飘的壮阔，都会情不自禁地高声引吭两句《雪花》：雪花，雪花，纷纷扬扬，飘飘洒洒；雪花，雪花，银光闪闪，洁白无瑕；像那家乡的蜡梅，像那三月的梨花，我们在雪里行军，我们在雪里安家……想到这些，我料定今夜的梦里一定能见到雪花。

除夕夜

有人提议明天大年三十要早起，因为2023年是卯兔年，年三十是卯兔日，早晨5至7时是卯兔时，三卯交汇，要早起挂春联、大扫除，迎卯起舞。这话讲得有点道理，至少是个迎兔年的良好开端。但明天更重要的是除夕夜，是团圆日，是传统的达旦守岁。实际上，春节形式上是张灯结彩，是火树银花，但内涵是团圆——亿万小家庭的团圆和民族大家庭的团圆。在万家灯火中，家家齐聚一堂，吃顿其乐融融的团圆饭，以各式风俗礼仪敬老爱小，共同祈福赐福祝福。在中华民族的传统节日中，春节之所以被人们看得最重，主要原因在于，人们能够在这个节日借以表达对四季辛苦劳作所有收获的喜悦，借以表达对量度生命的岁月年轮的敬畏，借以表达对血缘亲情的感怀和对故乡故土的眷恋，借以表达对宗祖族群的情感认同以及对来年福运的衷心祈愿。所以啊，春节是华夏儿女最开心的日子，就连旧社会一贫如洗的杨白劳都知道过年给女儿扎上二尺红头绳。

春节也是中华儿女最富于大一统感的日子，十几亿人的心聚合在5000年文明辉映下，共情于一个亘古不变的团圆主题和一段忘掉忧愁的时光。当今世界，尚没有哪个民族能有

如此深厚的文化渊源和旺盛聚合力。故曰：一个屹立于世界民族之林的伟大民族，必有龙腾的光明未来！

写于2023年1月20日

饺　子

昨天的立冬饺子，大家都说好吃。这让我想起小时候生活在北方，对吃饺子虽不陌生，但并不感兴趣。因为那时缺少肉蛋，饺子多为纯素馅儿。即使这样，因面粉也缺，故只有逢年过节改善生活才能吃上。我对吃饺子真正建立兴趣，是从20世纪80年代到河北农村家访开始的。在老乡家里住了三天两夜，每天午饭晚饭都吃饺子。开始我有些纳闷儿，但很快便释然了。原因一，老乡家做的饺子确实好吃，而且顿顿不重样，让我陡然间改变了对饺子的印象，心里默默在想，原来还有这么好吃的饺子！原因二，老乡说他们以往只是在过年时才吃饺子，我来这几天，他们就权当过年了，这让我很受感动。原因三，老乡说本地民间有句老话：舒服莫过躺着，好吃莫过饺子。这句出自善良农民之口的话语，让人不禁为之心颤，我至今记忆犹新，以致后来每次吃饺子时，心里总会莫名其妙地滋生出对农民对土地的感恩之情。

秋天的美

春之声，夏之动，秋之韵，冬之静。缘何指秋为韵？是因为秋天恰似人的天命之年。

秋天的美，是洒脱的美。走过了春天的喧嚣，走过了夏天的躁动，秋已然风栉雨沐，风韵犹存，来到了烟火缤纷的时光驿站。

秋天的美，是静怡的美。看过了春的繁花似锦，看过了夏的激情似火，秋已然怀质抱真，怀真抱素，自立于存真向善唯美的绝妙景致。

秋天的美，是成熟的美。当百花凋零，硕果累累的时候，秋会泛出成熟的檎丹之色，绽开无声的笑颜。

秋天的美，是内敛的美。看着生命律动在轮回中延续，生命价值在律动中升华，秋会成为呵护生命的仆人。

秋天的美，是孤独的美。秋风瑟瑟，秋雨潇潇，秋水盈盈，秋月寒江，秋总是伴着孤独和孤独人的身影。

秋天的美，是前行的美。绝妙风景，绝地天通，峰回路转，刚毅前行。秋以自己的染霜，默默淡隐，融入皑皑白雪。

桂　花

近日在小区散步，闻处处桂花馨香，十分惬意。近距离观赏桂花，随想到桂花的品性功用，好似美丽善良的女性。（1）艳而不惊。桂花的黄白四小花瓣鲜艳巧致，柔弱内敛、古朴典雅、簇拥天成，与绿叶浑然一体，无意争奇斗艳，宛如娇美女性的悦目耐看、秀外慧中。（2）四溢飘香。桂花的馨香随风飘散，十里不绝。其香气馥郁，贵气袭人，闻过无不沁人肺腑，令人心旷神怡，宛如精致女性风姿绰约、遐迩传颂。（3）饮桂花酒。“问讯吴刚何所有，吴刚捧出桂花酒”。吴刚伐桂捧出的桂花酒，既是女性佳饮上品，又寓意君子好逑，宛如知性女子气质高雅，惹人倾慕。（4）品桂花茶。桂花茶色泽绿而明亮，有提神止咳养颜功效，宛如淳朴女性勤于劳作，乐做嫁衣。（5）兼采阴阳。桂树花叶既喜欢和煦阳光，又耐得阴冷潮湿，宛如善良女性脚踏实地，撒播大爱。（6）兼容温寒。桂花花开秋季，遇暖不娇情，遇寒不退缩，宛如开明女性每临大事宠辱不惊，做人做事进退有节。（7）花落得子。雨中桂花落，花落桂子生，桂树常青，桂花常开，宛如吉祥女性德泽在心，福寿在身，默默点铁成金，徐徐旺夫旺族。所以，朋友，特别是年轻朋友，找对象是不是要看看对方品性像不像桂花哟？

观话剧——《上甘岭》

好些年没看话剧了，昨晚朋友邀我观看了话剧《上甘岭》，不得不说，剧作者用心良苦的台本，演员们尽心尽力的演出，舞台上的声光电特效的运用，都给我留下了深刻印象。同行的老张看后第一时间问我什么感受，我说，一个字“累”，两个字“单调”，更多地谈了批评意见。为什么会有这样的感受？我捋了四点原因：一是面孔单调。我想可能是出于商演巡演的需要，全剧演员就14人，大的场面基本通过音效实现，这和观剧前的期待有落差。二是场景单调。受故事所限，须以坑道为主。故自始至终基本上就是志愿军坑道内外这一个场景，只是坑道主道具转来转去，没有敌我场景的切换。三是色彩单调。除了“战火硝烟”舞美效果就是十多个身着志愿军军服的军人，加上变化不多的场景道具，易生视觉疲劳。四是情节单调。不是出击、坚守，就是坚守、出击。作者可能也意识到了情节叙述上的问题，所以强调了思乡情、儿女情、父女母子情，强调了极端生存环境、牺牲精神和人道主义，甚至让女护士和洋鬼子都进了坑道。但许多情节因无场景配合，只能采用大段道白，这些为调整叙述而强加的情节，又稍显牵强，疑似喧宾夺主。总之一句话，此阵容、此手段、此方式表现此主题，是演出单位自己给自己出了个不小的难题。

《狂飙》

看了电视连续剧《狂飙》，朋友问我有什么评价，我说评价就免了，可以谈点感想：（1）一个人，当他选择以不惜剥夺他人生命为逐利和自保手段的时候，这个人离去见上帝就不远了。（2）一个人或一伙人，当他们奉行以钱买势以恶养势以势压人的丛林法则与行事逻辑的时候，这个人这个团伙其实是在自掘坟墓。（3）人的欲望是生命的动力，本无褒贬，但为了满足某个欲望而不惜拼出个鱼死网破，即使得逞，也会埋下祸根或飞来横祸。（4）社会其实是由N个层高的桌面构成的，《狂飙》集中反映了底层桌面的东西，以及与上层桌面东西的关联，虽然极端，但揭示了不法之徒的潜在行事逻辑，刻画了以权谋私者的真实面目，所以让观众产生共鸣。（5）茫茫人海，有许多逆袭者，在所谓梦想、打拼、暴富、成功的教唆下最后被逼到以身试法的境地，他们与一些拥权但不知如何正确用权的政治莽汉一道，上演着彻头彻尾的人生悲剧。真乃狂飙如风，还会再来，狂飙如潮，定会再涌。

“好一朵美丽的”《茉莉花》

前两天和几个战友在江北六合茶叙，当地一位领导介绍说，六合是著名民歌《茉莉花》的故乡。我惊了一下，作为音乐爱好者，为不知这首著名民歌源自六合感到惭愧。回家后学习了一下，果不其然，江苏民歌《茉莉花》已有600多年历史，词由明朝开国第一重臣徐达在南京所写，以其家乡的凤阳花鼓调形式演唱。原歌词有茉莉花、金银花、玫瑰花各一段，暗喻作者忌惮声高震主。1942年，新四军文艺战士何仿，在六合民间艺人中发掘改编了这首民歌，后广为流传，蜚声海外，曾作为意大利著名歌剧《图兰朵》背景音乐流传世界各舞台。这首民歌在当今几乎成为我国民族音乐文化在国际文化交流中的标志性符号。不得不说，改编后的《茉莉花》，一定程度上是迎合以歌剧为欣赏基调、混入东方情调的西洋音乐之作，比起民族戏曲元素浓郁、歌词情致结构完整、旋律线与节奏清雅柔美的《茉莉花》，要逊色不少。我不禁赞叹，好一个“好一朵美丽的”《茉莉花》！

生日寄语

李双江老师今天84岁了，作为打小就非常崇拜双江老师的音乐爱好者，早就想对他引领一代歌坛风尚的歌唱风格写几句感受。选择今天，就是想借此祝愿双江老师老当益壮、生日快乐！

作为新中国培养的著名抒情男高音歌唱家，李双江高亢深情的歌唱一直伴随着国家和军队建设的历史，可以说既是促成几代人在心灵上与国家军队共情的高端艺术标识，也是我一直以来认为的给予人们殿堂级民族声乐艺术享受的典范。我私下里常说，如果问我一生最崇拜什么人，民族声乐艺术领域一定是李双江。李双江的歌唱艺术造诣有三个高度至今无人能及：一是他具有金属般音质和穿透力的华丽高音；二是他以声传情声情并茂的卓越艺术成就；三是他基于深厚音乐修养和生活底蕴的高超的系统创作（含一度和二度）能力。李双江的歌唱成就之所以至高无上，源于他的根基独特而厚重：一是音质上的天赋异禀和兴趣追求的与生俱来；二是民族音乐沃土的滋养（东北二人转的奠基，新疆民族音乐的开化，现代京剧的提振）；三是国内最高起点的科班音乐教育和歌剧演唱训练；四是与新中国扬眉吐气的人民豪情、胜利之师的军队形象高度合

拍的时势造就；五是他将汉语言文化深度融入歌唱的民族情怀。有朋友曾让我说说李双江的歌唱和国内别的男高音的区别，我说区别在于：李双江的歌唱是一杯富含益人有机大分子的醇香高度酒，相形之下，别的男高音歌唱家的歌唱，在我听来，韵味、醇度便似犹不及。可以这么认为，李双江的歌唱，不仅留于昨天今天，未来也会传唱下去。

活关公

电视荧屏里演活了关公的陆树铭走了，他给我们这代人留下了武圣关公的深刻印象。由于关公在历史上官民同敬、文武皆尊的巨大文化感召力，也由于陆树铭与民间传说中关公形象的高契合度，可以说他将关公演到了巅峰，但也把自己演上了断崖，以至饰演关公之后20多年因去不掉这张脸谱而无戏可接，成为演员演艺事业中既走运又走背运的铁例。但不管怎么说，能到这样的境地，陆树铭还是个值得称道的好演员。他的离世，让人感到突然，感到可惜。突然的是，陆树铭魁梧健硕，精神状态一直很好，没有任何患病前兆。可惜的是演艺界又熄去了一抹亮光，而且走时他也才66岁。这么一位在荧屏上给人们留下至深印象的活关公，一个因成功塑造关公而无法易角的好演员，一位因无戏可接不得不去编唱《一壶老酒》的老演员，一位在生活中口碑颇佳的大孝子，走得确实出人意料，违人心愿。好在作为一名演员，能以关公形象彪炳演艺生涯，亦此生无憾。我在想，这个时候应该有很多热爱他表演的人们都愿为陆树铭老师祭上一壶老酒。

钓鱼歌

风儿呵风儿你轻轻地吹
鱼儿呵鱼儿你尽情地游
暖暖的阳在笑
白白的云在流
前方水泡轻泛处
小鱼在露头

风儿呵风儿你轻轻地吹
鱼儿呵鱼儿你尽情地游
远远的山在笑
长长的江在流
前方水纹轻折处
鱼儿在聚首

风儿呵风儿你轻轻地吹
鱼儿呵鱼儿你尽情地游
张张的脸在笑
美美的意在流
前方水波轻荡处
大鱼已上钩

剃头匠

和西子4年多没见面了，今天通了个电话，这几年，他进京当上了处长，对纪检监察工作的稔熟以及政治、思想上的成熟，让我刮目相看。三句话不离本行，电话中他侃侃而谈。他的两段话令我印象很深，一段是："以后不管到什么岗位，即便职务就此打住，我也绝不会做贪官们做的那些事。"另一段是对贪官入木三分的剖析："我们眼里的贪官都有愚蠢的一面，也有可悲的一面。他们通常有三个相近特点：一是抑制不住贪欲。你说哪个贪官过不了日子？都挺好。但他们心存非分之想，往往欲壑难填，一发而不可收。二是，觉得自己比别人高明。比下级高明，比领导高明，比我们高明。尽玩权私分离、公虚私实、贪盗异质那一套。其实他们错了，群众的眼睛看他们很准，在我们面前他们更显业余。三是出事后个个都悔之莫及。没有不后悔的，没有不痛哭流涕的。所以说，他们也有可悲的一面，只不过这种可悲特遭人嫌弃。"西子的话让我脑海中闪现一副楹联：私欲如壑不断填填不断沟再好填也好不成平坦途；贪官若发剃了生生了剃头再难剃也难不倒剃头匠。

剃头匠（续）

昨天晚上和西子处长通电话，他在电话里把贪官权私分离、公虚私实、贪盗异质的情况做了进一步的阐释：（1）权私分离。特指用职权、职务影响力谋私、营私的意识和行为。贪官往往避开自己的职权范围，貌似将履职用权与私人空间区别开来，在没有权钱、权情、权色等直接交易的情形下，进行谋私、营私。特点是隐蔽、暗线索、弱证据，其实各种猫腻不少。（2）公虚私实。指贪官通常以貌似遵纪合规、不违背原则程序的障眼法，遮蔽贪腐行为的惯用手段。这类贪腐行为，在干部考核任免、项目立项审批、招投标流程等事项中多见，监察难度一般较大。（3）贪盗异质。贪与盗本来是同质性的，但在贪官的意识里不是这样，其中的腐败特别是微腐败，常常被他们视作行使职权与享受职权的伴生品，这是滋生贪腐现象最直接的思想根源。他的一番话，不禁让我想问一问时至今日还蠢蠢欲动的“预备贪官”：讲自己纯靠人格魅力办事，你若没有手中职权试试？总想以障眼法瞒天过海，哪天纪委立案查你一回试试？觉得贪3万元和偷3万元不同性质，哪天你贪上3万元试试？

罪酒赋

不惑之余，一饮则智不足驭数杯黄汤，何智之有？贻笑大方！天命之际，举杯便思不及顾母弟妻儿，思短之致，妄谈孝义！

知书者，知晓世事却不知修身养性，知难立述，不如不知。掌权者，掌控天下唯难掌自欲自行，掌生祸端，不如不掌。

遇酒难控，不醉不归，心臆愤懑邪？非醉难抒胸怀乎？然当是时口出狂言，妄语责人，自曝短弊，一时快意，一睡即忘，说者无意，听者有心，草蛇灰线，伏笔万千，恩怨算计，笔笔伏下尤不自知，杯酒间敌友易，天地变，此缘何自古文人骚客敢一醉，名将重臣慎将酒也。

贪杯不控，不吝买醉，素性爱酒邪？非醉不能得人生之欢乎？人生在世，父母妻儿，树大枝茂，倚干强盛，同气连枝，生生不息。小饮怡情，若微雪薄霜，不伤枝干，平添风趣。宿醉为乐，如毒雨恶沼，浸沤根骨，损身伤神。根骨遭蚀，枝叶瑟瑟为悲，以醉为乐，家人凄凄以泣。杯酒间寿福损，亲者痛，此缘何自古浪子畸人常恶醉，孝子丈夫惜杯酒也。

夜深难寐，心系卿卿，不知醉几何，无碍否。思及数次醉酒之态，焦心之苦，做赋以抒悒愤。劝亦劝矣，伤已伤矣。徒叹奈何，奈何！

记着，今夜两人为你无眠。

罪酒赋（修）

天命之余，有饮则智尚足驭数杯黄汤，识明智审，觞客四方，盛情之时，举杯尤思及顾及母弟妻儿，思长之源，心蕴孝义！

知书者，知晓世事更须知修身养性，知且立述，方为真知。掌权者，掌控天下亦主掌自欲自行，掌且避害，方为其掌。

遇酒须控，远醉安归，焉不稳妥邪？非醉难抒胸怀乎？若当是时口出狂言，妄语责人，自曝短弊，一时快意，一睡即忘，说者无意，听者有心，草蛇灰线，伏笔万千，恩怨算计，笔笔伏下尤不自知，必招致敌友易，天地变，此缘何自古文人骚客敢一醉，名将重臣慎将酒也。

贪杯不控，不吝买醉，素性爱酒邪？非醉不能得人生之欢乎？人生在世，父母妻儿，树大枝茂，倚干强盛，同气连枝，生生不息。小饮怡情，若微雪薄霜，不伤枝干，平添风趣。宿醉为乐，如毒雨恶沼，浸沤根骨，损身伤神。根骨遭蚀，枝叶瑟瑟为悲，以醉为乐，家人凄凄以泣。杯酒间寿福损，亲者痛，此缘何自古浪子畸人常恶醉，孝子丈夫惜杯酒也。

深夜安寝，放心卿卿，休念饮几何，定无碍。回溯十年饮酒之状，神闲气定，修赋以应爱心。如是表矣，如是施矣。谁人奈何，奈何！

谨示，长夜卑人护你安眠。

注：10年后重写此文。

酒　缘

与酒结缘，掐指算来有30年时间了。有关酒的话题很多，比如酿酒历史、饮酒文化、酒的品质种类香型等等，但最想说的，还是适量饮酒。记得10年前的一次酩酊大醉，夫人当夜写下激抒悒愤的近400字《罪酒赋》，至今仍挂在家里客厅醒目位置。之后，10年自量，再无醉酒。说起饮酒，我的感受总起来一句话：适者小饮。（1）酒乃酿造之物。无论何法酿制，都以乙醇为主要成分。过量饮入，对身体有害无益。（2）酒乃粮食精华。固态酿酒，通常五斤粮酿一斤酒，故应视酒为精粮。超量饮酒，呕酒吐酒，无异于糟蹋粮食。（3）酒乃助兴佳酿。人逢喜事精神爽，爽则高歌劲舞，爽则饮酒助兴。倦怠拿酒提神，心悦借酒怡情，亦是嵌入人们生活情调的惯例。但是，暴饮者往往乐极生悲。（4）酒乃交友媒介。朋友之间，相识无酒不敬，相逢无酒不欢，相聚无酒不席，相交无酒不义，相托无酒不信。酒，一直以来，都流淌在情义中。但超出个体分解消化能力，则会因酒生隙生怨，因酒生乱生祸。（5）酒乃孤独伴侣。小饮伴孤独，心境自然舒；大饮借酒浇愁愁更愁，抽刀断水水更流。（6）酒乃穿肠毒药。长期大量饮酒会导致酒精依赖，酒必以毒袭人，废其人。

夜　酌

昨晚亥时，老战友在家里亲自下厨做了几道菜，邀我过去喝上两杯。两人对坐，把酒言欢，畅叙友情，差点儿弄成久违了的长夜之饮。酒至微醺，语出肺腑。他说：你是我这辈子最好的朋友，在很多方面没有之一。我说：你是我这一生难得的知音，在很多方面没人能替。他说：交情快20年了，今晚没别人，我也快退了，从你的角度，给我这个人作个评价吧！我说，能有近20年的交情，本身就是一种评价。不过，说说也无妨，只是我只说优秀的地方，不足自悟。他说：行。我说了三点：（1）人如其名，聪明能干。咱俩同年考上大学，那年你数学差点考满分。工作后，历时8年攻读工学博士学位，此为智。你年龄比我小，师职干部提得比我早，干啥啥都行，总是第一名，此为王。（2）抱诚守真，上善若水。与人为善，待人谦诚，竭诚于事业，守正于底线，你是经受了官之初的坚定性、官之峰的冲突性和官之末的持志性全过程考验的，且在位主事时臣心如水，对家人朋友似水柔情。（3）热爱生活，永无止歇。你有三句话：工作有声有色，朋友有情有义，生活有滋有味。这三条你做得都很好。这个年龄仍笃学不倦，对新事物兴致盎然，很让我感佩！我说完了，他把瓶中酒全倒了出来，举杯说：干了！

酒色财气

佛印说：酒色财气四堵墙，人人都在里边藏；谁能跳出圈外头，不活百岁寿也长。

苏轼说：饮酒不醉是英豪，恋色不迷最为高；不义之财不可取，有气不生气自消。

王安石说：无酒不成礼仪，无色路断人稀；无财民不奋发，无气国无生机。

宋神宗说：酒助礼乐社稷康，色育生灵重纲常；财足粮丰家国盛，气凝太极定阴阳。

后人说：酒是穿肠毒药，色是刮骨钢刀，财是下山猛虎，气是惹祸根苗。

今人说：人在江湖走，不能没有酒，想在江湖飘，不能不喝高。

哈！如此看来，酒色财气这东西，仁者见仁，智者见智，还是该在哪儿就在哪儿吧！

奇人奇文

诺贝尔物理奖获得者李政道曾说过，科学和艺术是一座山峰的两面，它们是融为一体的，是不可分割的，只有这两方面都精通的人，才能立于峰顶。我家乡的世界历史文化名人明代著名音乐理论家、乐律学家朱载堉，就是这样一位立于峰顶的人。他用数学计算方法发明的12平均律，早于西方100多年，被誉为中国第五大发明。欧洲人称巴赫为音乐之父，尊称朱载堉为音乐之祖，并誉之为东方文艺复兴式的圣人。朱载堉身上有四奇：一是集数学家、律学家、历学家与音乐理论家、舞学家于一身，人间称奇；二是因不满其父正直谏言遭朝廷囚禁，决然抛开王府荣华富贵，甘居陋室19年潜心科学研究并终有大成，人间称奇；三是其父昭雪复位，他隐居19年后，作为王子决然拒绝继承王位并力阻儿子继承王位，人间称奇；四是，作为多年潜心钻研自然科学的律历学家，还能写出既脍炙人口又层层剥去封建统治阶级贪求无度外衣的散曲《山坡羊·十不足》，人间称奇。奇人有奇文，转给朋友们一览。

《山坡羊·十不足》

朱载堉

逐日奔忙只为饥
才得有食又思衣
衣食两般皆具足
又思娇娥美貌妻
娶得美妻生下子
恨无田地少根基
良田置得多广阔
出门又嫌少马骑
槽头扣了骡和马
恐无官职被人欺
七品县官还嫌小
又想朝中挂紫衣
一品当朝为宰相
还想山河夺帝基
心满意足为天子
又想长生不老期
一旦求得长生药
再跟上帝论高低
不足不足知不足
人生人生奈若何？

艺之魂

近日，应一位女画家朋友之邀，来到其工作室，又在此幸会了几位中年书画家。其中画家汤达先生现场给我作了一幅《三笔成壶》，书法家叶琪琳先生现场给我写下了“博雅达观”，这两件作品我都喜欢。20年前我曾在总参机关管理过文化队伍，对书画家很熟悉，虽然自己没有练就这方面专长，但自感鉴赏水平尚可。脱开具体艺术门类，单就艺术家是否独具艺术灵魂这一点，我习惯作以下观察：一是艺术天赋，不作更多解释，天性使然；二是有没有过人的发现力，即是否慧眼独到；三是其作品是否已经完成由生活真实到艺术真实的跨越；四是有没有独特的人格和性情张力；五是创作功利观。至于技巧，则是基础性、前提性的东西，多为不具科技含量的时间之痕、岁月之淀。说白了，艺术家的作品，如果唯功力展示，尚可称之为精品；若既有深厚功力又实现着与人的灵魂（更多为精神家园与审美理想）的顶层链接与互动，则可称之为上品。汤达、叶琪琳两位先生的人品作品，鄙人荐其为上。

艺术之真善美

真善美的雅质与内涵，应该是艺术永恒的追求和境界。

艺术之真，真在艺术家的真情实感、真才实学和真知灼见，以及炉火纯青的真功夫；真在艺术创作主旨的捍卫真理、追求真谛，并善于把艺术作品升华为基于生活真实的艺术真实。当然，也真在虽无现实生活影子但事实上真能勾魂摄魄的纯粹的艺术构想。

艺术之善，善在艺术家自身的向善尽善、积善成德，善在艺术创作主旨的善颂善祷、择善而行，以及蕴含于作品之中的对善的渴求与张扬。当然，悲剧式艺术对恶的暴露揭露，特别是对名善实恶的复杂人类社会现象的晾晒与剖析，也是以另一种有效形式手法，对善的渴望与呼唤。

艺术之美，美在艺术家的爱美求美之心，美在艺术创作主旨对美的品质境界的发现与标定，美在艺术作品对人类生活美感的契合与提领，以及艺术家对人类美感的激发和奉献。当然，也包括任何能给人美感和美的联想的亦真亦幻之抽象艺术美的发明创造。

集真善美于一体，想必是人类灵魂向往的栖息方式。

现　实

前些日子发现几个体制外的小朋友都在龇牙咧嘴，他们深感钱难赚、事难办，很多事情理不清、看不透、拿不准，为此心里郁闷迷茫。我就在想，囿于人的生理局限，尽管人们看到的世界只是大千世界的一部分，但借助科技手段用以造福人类，足矣。世界如此，人的生活却不尽如此，原因是参照系与变量太多。但人类若能在一定程度上秉持理性，对缓解当下许多人的困惑甚至困窘，可能有一定的效果。比如，钱多路子多，暂且放下及时止损，出去转换下脑子，伺机而动为好；钱少办法少，不做老板梦当回打工仔，体验新活法、度过困境为好；生活过得去就调理心境，把天平向老婆、孩子多倾斜为好；倦了就休息，困了就睡觉，乏了就充电，遵从自然为好；远处的菜够不着，就把眼前盘子里的菜嚼得有滋有味。如此这般，生活不就多了些其乐融融吗？

择　业

偶读施耐庵的一句话：“母弱出商贾，父强做侍郎；族望留原籍，家贫走四方。”这句话可以说道出了中国封建农业社会原生家庭养儿图强的一般规律，在今天仍有很强的逻辑性和现实指导价值。其中的“母弱”“父强”实际上是指家庭背景条件的好坏，这在今天也是同样。所不同的是，社会和时代的变迁，已使得中国传统的家族观念发生了深刻改变，今天年轻人的学业从业走向，考虑个人志向是第一位的，通常大于原生家庭的需要。以个人发展为核心，以个人发展条件为依托，以个人发展的最佳路径效益为选择，已成为当今年轻人基本的成长轨迹。近年来出现的名牌高校博士毕业生报考街道管理部门公务员、研究生毕业的小伙子去做快递小哥等现象，一方面说明文凭泛滥就业困难，另一方面也反映出从个人实际出发的务实而为，我感到于人于社会都不失为一件好事。寻找社会与个人需求的现实结合点，也理应是年轻人实现人生进取和跨越的一个积极方式。故曰：生为泥土，切忌尘土飞扬；生来含金，不可挥金如土。

选 择

低等动物的行为选择是本能反应，人的行为选择是意识反应。广义上的人生行为选择，伴随意识运动无处不在，近乎是人的全部生活方式。对人生有节点性转折性乃至致命性影响的行为选择，通常是需要审慎以对的大事难事，这类选择往往是价值运动和矛盾运动的产物。有的时候，选择是一种眼缘。可能是撞到了情怀中最原始最敏感最柔软的地方，比如可爱的孩子、可怜的老人，盛开的鲜花、纯真的爱情……所以选择爱护，选择善良，选择高尚。有的时候，选择也是一种无奈。选择不一定是自己最渴望的最认可的，但一定是自己不得不做也不得不这样做而不可能那样做的，比如学业、工作、生活条件、社会交往……所以选择务实，选择节俭，选择低调，选择低头。所以有人说，没有选择就没有痛苦。有的时候，选择是一种牺牲。在个人行为紧系巨大群体和公共利益甚至国家民族利益的时候，维护这类利益的选择就成了大义。比如灾害、危急关头、信仰、国难、战争……所以选择敢于慷慨赴死，敢于英勇献身，敢于赴汤蹈火，敢于见义勇为。还有的时候，选择会是一种原罪。当某种储能骤增到无比强大的程度，对这种能量有违道义的释放，客观上会滋生罪恶。比如露出獠牙的核威

慑，比如德不配位的挟权自重，比如为富不仁的富可敌国……所以选择肆意霸凌，选择为所欲为，选择暴殄天物。但别忘了，这类选择终将有被道义驱入万劫不复的一天。

婚　姻

抖音上有这样一幅逗乐截图：恋爱520（我爱你），婚前1314（一生一世），婚后若干年520 + 1314 = 1834（一巴掌扇死）。看后乐了半天，尤为感叹抖音的娱乐功能。开心之后，遂想到截图也示意了对失意婚姻的困惑，反映了婚姻的“围城”效应。如钱锺书在小说《围城》中所述，英国人把婚姻喻为金漆的笼子，笼子里的鸟想飞出来，笼子外的鸟想飞进去。法国人把婚姻喻为城堡，城堡外的人想冲进去，城堡里的人想冲出来。就像人类的生产生活越来越受到道德的规范、法律的调控制约一样，婚姻是其中尤为敏感而重要的内容，也是社会文明演进的突出标志。不得不说，当下人们在婚姻上面临的“围城”效应比以前更加明显了，不仅仅是想冲进去想冲出来的问题，还有大量的敢冲出来怕冲进去和压根就不想冲进去的问题。好在新的问题出现，总会有新的道德与法律规范的跟进。毕竟，幸福感和幸福的形态也是流动的。

60后

和生于20世纪60年代初的几个退役老战友茶叙，深感我们这代人见证了人性的极端情状和时代的极速变迁：一、农家子弟幸读大学——对愚昧的可悲可叹、贫穷的可恶可怕、知识的重要性等，有着自觉而深沉的掂量，有幸见证了乡村从贫穷落后到全面小康的历史演变。二、投笔从戎，情系疆场——对战争与和平、落后与屈辱、复兴与强军等，有着极其高度的敏感。有幸见证了国防事业从“积极防人打来”到“确实没人敢打来”的历史转折。三、崇尚科学，助力国运——对世情国情、经济民生、科技进步等，抱有满腔热情，有幸见证了国家和社会的沧桑巨变。所有这些大跨度的变化，在民族历史的长河中，都具有极其重要的革命意义。大家感叹道，我等人生无论从以内容、过程为“横坐标”，还是从以质量、结果为“纵坐标”来看，都幸甚至哉！

下一代

江南的夜，难得一见当空皓月。每临此景，便想在月下走走。白天的时候，在小朋友的车上听歌，一边听一边感叹：这歌词写的！这情歌唱的！很快我便意识到，这其实是代沟，彼此有不同，但都没啥不是。走在小径上，望着天上的云月穿行，不禁哼起20年前就印象颇深的民歌《月亮走，我也走》："月亮走，我也走，我送阿哥到村口，阿哥去当边防军，十里相送难分手。天上云追月，地下风吹柳，月亮月亮歇歇脚，我俩话儿没说够。月亮走我也走，我送阿哥到桥头，阿哥是个好青年，千里边疆显身手。晚风悠悠吹，小河静静流，阿哥阿哥听我说，早把喜报捎回头……"哼着想着，这类爱情歌曲，便是我们这代人的情致。时代的脚步在不停地前行，时代的人文精神风貌也会像人的衣着一样，在不断地辞旧迎新，这源于新人脑子里难存旧物。我们是我们，他们就是他们。很大程度上，我们更多拥有时空上的相对存量，他们则拥有基于时空的绝对变量。正如领袖毛泽东当年对中国留苏青年学生所言，世界是你们的，也是我们的，但是归根结底是你们的。亦正如英国作家毛姆所言，人类之所以进步，是因为下一代人不听上一代人的话。

贫穷之源

贫穷是社会生活的重要范畴，也是个具有广义性相对性动态性的概念。现代人对贫穷的认识，早已超出了资源物质层面，更多赋予了政治经济文化含义。出于促进人类进步的基础性社会意义，治理贫穷普遍成为国家行政的主题主责。对家庭和个体的人来说，生活和生命最重要的意义，也在于摆脱由物质而精神的各式各样的贫穷。贫困固然受自然的时代的社会的多种外在条件制约，但落在个人身上，致贫致困和难以改变贫穷贫困通常根源于三个方面：（1）残——身残加“脑残”。身体的残疾自不必多言，“脑残”则是对贫穷和改变贫穷认知不清，一些人甚至滋生安贫甘贫的潜意识和精神沉沦，无意寻求摆脱贫穷的方法路径。（2）愚——有改变命运的欲望和冲动，但不会因“我”因地因时因势制宜，思路不清，方向不明，以致奋斗考卷上的简单试题错误连连。（3）弱——心理意志和能力素质缺乏历练，畏首畏尾、怕苦怕累、一击即退、一挫即馁，仰人鼻息、随波逐流，投机取巧、恶习缠身……

此源不除，贫穷难以救赎。

尊重财富

一天，在一位好友的办公室里聊了一会儿，我问他过几个月退休后有什么打算，他谈的想法我很赞赏。最赞赏的是他那句话：我是个能把100块钱花出1000块钱价值的人。这句话折射了他的世界观、价值观、人生观：（1）尊重财富就是尊重自然。尽管地球人类的自然财富，理论上可以被人类循环创造和复制，但它终归是有限的，人的局限和人生的局限必须与自然的局限相吻合。（2）尊重财富就是尊重文明。人类文明是一个悠远漫长的渐进过程，一辈人只能享受一辈人的社会文明，人的消费须理性，有益于人类文明的赓续。（3）尊重财富就是尊重人生。人生的价值，在于对人类社会作出的贡献，从这个意义上看，少用钱、用好钱也是一种价值。（4）尊重财富就是尊重自己。所有财富都是劳动创造，尊重财富等同于尊重劳动、尊重人自身。无节制地占有财富、挥霍财富，且不以为耻反以为荣，不以为祸反以为幸，不以为贱反以为贵，实乃人类的悲哀！

财　富

财富有广义狭义之分。广义的财富，包括自然财富、物质财富、精神财富；狭义的财富，专指物质财富。其实，财富的自然、物质、精神属性都是出于认识的需要人为切分的，天然形态的物质资源和文化形态的精神物质创造，统一并用于服务和服从于人的需求，且相互依赖相互依存相互转化。这就告诉和启发人们这样几个事实：（1）自然财富是物质精神财富的母体和基础，人依存于自然，必须尊重自然，热爱并保护自然，否则就是在自毁家园。这就是“绿水青山就是金山银山”的道理所在。（2）物质财富又是精神财富的母体和基础，精神财富是基于物质财富的高级需求和形态。人应追求物质财富与精神财富的有机共生、即时转化与彼此匹配，二者不可失调。（3）物质财富生不带来死不带去，其越是剧增时，这一特点就越会愈发显著。所以富豪们到头来总是想着以何种转化和替代方式消化物质财富。（4）个别时候，人还是要学会通透地看待财富的流转。比如，食物在你手里和在别人手里，钱到你的口袋和到别人的口袋，都不会扔掉，都没有浪费。（5）记住，人除了内置内化的灵魂，包括肉体在内的一切暂具隶属性的物质财富，到头来都要不留一丝一毫地全部还给世界。

苦出身

认识一初中毕业的家乡小伙儿，在宁混了十几年，从只身一人到现在有车、有房、有公司、有家室，应该说蛮有成就的。几次接触下来，他给我留下这样的印象：(1) 学历低，更要找到适合自己的行业。他说他文化水平低，几经尝试，最终进了服务行业。(2) 苦出身，不怕劳累。他说他当过检修安装工，给饭店送过菜，经营过垃圾废料处理，干的全是苦差事，那时候天天吃馒头酱菜，一天干十几个小时。(3) 没背景，赚些薄利小钱。他说他初来乍到时，举目无亲，就只能干些别人看不上的活儿，赚点别人瞧不上的小钱。(4) 有底线，从不贪赃枉法。他说他一直坚守底线，坚决不干涉嫌违法的事，辛苦十来年才攒了第一桶金。(5) 重做人，善交诚信朋友。他说他爱交朋友，而且只交有诚信的朋友，所以没吃过大亏。

生　活

命运没有假设，生活不能重来。每个人的人生际遇都如同一条自然流淌的河流，流经的地方，再不复回。近日与一位故友电话交流，他忆起当年，讲起过去，言及诸多遗憾，几度唏嘘不已，给我的感觉是他如今的生活并不快乐，像是一半活在今天一半活在昨日。其实，智慧人生的特质往往是善于把曾经的痛苦化作智慧而不再依旧痛苦，洒脱人生的特质往往是长于把过去的遗憾化作洒脱而不再成为遗憾。如此这般，人生就会臻于“海阔天空千怨解，知足常乐百愁休”的淡然释怀，达至“任他红尘滚滚，我自清风明月”的超凡脱俗，甚至修来“谁知将相王侯外，别有优游快乐人”的道骨仙风。我们不能用今日成熟了的心智去评判昨天成长中的答卷，也不能用变迁了的时空观置疑于曾经的人文境地，更不能在多年以后依然对自己有过的不二择路和人事遭遇抱憾不已。老百姓把生活叫过日子，说得真好！日子确实要一天一天过，过一天丢一天，昨天你想拽也拽不住。你若总想拽着昨天过日子，那么今天的日子想必又要被你过成了遗憾。

戾　气

昨天有朋友转来“某某的聊天记录：新道德观”12条，看后感到很温馨。这12条都是生活中如何在具体事情上体恤弱者困者、遵守公序良俗的建议，尤其是当下人们情绪交困、心境易生戾气的时候，颇有针对性。戾气，简单说就是暴戾之气。戾气重者，常有阴私在心，不与人为善，久而久之，形成阴暗心理。戾气重者，总是愤怨在心，无以释怀，久而久之，形成发泄心理。戾气重者，定有偏执在心，无以自控，久而久之，形成易暴心理。弱化和制约人身上的戾气，一个在于大环境，一个在于小环境。大环境好，改变了戾气产生的外在诱发因素和条件，戾气自然消减。相比而言，人自身的小环境更加重要，须提升道德认知，增进道德修养。上面提到的新道德观12条，其实并非新观，条条都是传统美德的具体行为指导，这恰恰是时下的人们最该倡行的。戾气重也是心理疾病，有戾气者不妨尝试让自己静下来放松一下生活压力，回顾一下青葱时代，权当自个儿少不更事、涉世未深，有意识地把12条建议加以实践，重复三回五回，便会步入自愈轨道（附12条）。

某某的聊天记录：新道德观

（1）如果钱还宽裕，别养“小三”“小蜜”，悄悄养几个贫困山区的学生，你心里一定会觉得舒坦，等他们长大后一定会很感激你。

（2）遇到夜里摆地摊的，能买就多买一些，别还价，东西都不贵。家境只要好一点，谁会大冷天夜里摆地摊；遇到学生出来勤工俭学的，特别是小女孩小男孩，他们卖什么你就买点。如果他们不是家庭困难，出来打工也很需要勇气，鼓励鼓励他们吧。

（3）捡到钱包就找找失主，实在缺钱也不应把现金留下。捡到手机，千万不能贪占有，一定要千方百计还给丢手机的人。现在的手机不仅是通话工具，更是多种支付方式绑定所在，外出办事几乎大部分功能都集中到了手机上，丢了手机寸步难行，丢手机的人急得焦头烂额，寝食不思。还回手机等于救人性命，胜造七级浮屠。

（4）遇到问路的人，碰巧你从旁听到又知道那个地址，就主动告诉一声，别不好意思，没有人笑话你。

（5）如果丢的垃圾里有碎玻璃、大头针、刀片等，请用胶带把它们缠裹一下，并尽量多缠几层。这样就降低了保洁人员或者捡垃圾者受到伤害的概率。体贴体贴他们吧，善良会有好报。

（6）遇到迷路的小孩和老年人，能送回家就送回家，不能送回家的送上车、送到派出所也行，替老人或小孩给他们的

家人打个电话再走。

（7）雨雪的时候、天冷的傍晚，遇到卖菜的、卖水果的，剩得不多卖不完又不能回家，能全买就全买，不能全买就买一份，反正吃什么也是吃。

（8）上车遇到老弱病人、孕妇，让座的时候别动声色，也别大张旗鼓。站起来用身体挡住其他人，留出空位子给需要的人，然后装作要下车走远点。人太多实在走不远，人家向你表达谢意的时候微笑回应一下。

（9）到饭店吃饭，能吃多少点多少，实在吃不动的，打包带走。一蔬一饭，不知经过多少人的辛勤劳作，才端上餐桌。

（10）凡公共场所，不要随地吐痰、乱丢杂物。外出时，养成在口袋中装一个小塑料袋的习惯，以备吐痰和丢的垃圾时找不到痰盂和垃圾桶。

（11）凡购物或办事，一定要规矩排队，不要逞强插队。实在有特别急的事要插队，要征得所有排队人的同意。插队是占便宜，占了便宜是要还的，此时不还彼时也要还。

（12）骑自行车、电动自行车、摩托车以及开汽车停车时，一定要注意观察，停到合适的位置上，一是不要多占车位，二是留足方便别人进出的通道，牢记与人方便自己方便。

避　害

马斯克说过这样一句话："我现在不和人争吵了，因为我开始意识到，每个人都只能在自己的认知水平上思考。如果有人告诉我2+2=10，我会说你完全正确。"马斯克的这段话，是指在科技领域与人争吵是浪费时间的，从中得到几点启发：（1）对牛弹琴式的真理之辩——白费口舌。人有时都听不懂人话，何况牛呢？再有，人是食肉动物，牛是食草动物，人吃肉与牛吃草一样香，一样有营养。因为人分泌阿尔法型触媒，牛分泌贝达型触媒，此乃与牛不共食。没有这样的认知，非要说肉香草难吃，连牛都会耻笑的。（2）与狼共舞式的利害之辩——凶多吉少。人有人性，狼有狼性。在人的眼里，狼不一定是食物，但在狼的眼里，人一定是食物，此乃与狼不共情。人若自以为是地执意与狼沟通建立情感，也会让狼不解的。（3）与小人共赢式的利益之辩——贻害无穷。君子喻于义，小人喻于利。这不是大小问题，至少是良莠问题，此乃与小人不共利。君子与小人共利，义则必亏，利则贻害。所以说，生活中遇到牛狼小人之辈，不妨效仿马斯克，承认他2+2=10正确，然后赶紧走人好了。

脊　梁

许多年前，我就很喜欢鲁迅先生的这段话：“我每看运动会时，常常这样想：优胜者固然可敬，但那虽然落后而仍非跑至终点不止的竞技者，和见了这样竞技者而肃然不笑的看客，乃正是中国将来的脊梁。”今天重温鲁迅先生的这段话，作出如下解读：(1) 竞技场的优胜者是可敬的；(2)“非跑至终点不止的竞技者”比起优胜者更凸显了另外两种优胜，即体育精神和顽强作风；(3)“见了这样竞技者而肃然不笑的看客”，亦具有体育精神和礼赞顽强作风的涵养；(4) 所以寄愿这样的人“正是中国将来的脊梁”；(5) 鲁迅先生的言外之意，是那些在为优胜者叫好的同时又会讥讽落伍者的人，很难成为中国的脊梁。此时，我的脑海里浮现出这样一串面孔：官场上趋炎附势、罔顾同行的小吏，商场上唯利是图、见利忘义的奸商……都远够不上鲁迅讲的民族脊梁。品味鲁迅先生近一个世纪前的箴言寄语，一个绕不开的时代课题摆在眼前：当代人须挺起什么样的民族脊梁，才能无愧于实现中华民族伟大复兴这段至为关键的历史进程？

古训于今

“40不沾色，50不恋财，60不多食。”这是前两天偶尔听到一男士在抖音里侃侃解读的古训。此类经典和经典崇信传播者不少，往往不加消化甄别，殊不知很多古语古训早已因时过境迁而冬扇夏炉。一个简单的事实是，中华民族近现代人平均寿命：明代约45岁，清代50岁左右。新中国成立后，据调查，1957年为57岁，1981年为68岁，2021年为77.3岁。人的平均寿命在持续增长，古人与今人，均寿无可比性，而且不同时代背景条件下的社会观念差异更大。古人40岁当爷爷奶奶，今天40岁的单身男女满大街都是。多数古人入土的年龄，是今人退休的年龄。古人讲人到活七十古来稀，今人说活到90有希望。直到清代，人们都还认为天是圆的地是方的。所以，还是到什么山唱什么歌。如果非要拿古训示人，不妨换成40不单纯、50不冒险、60不透支之类的话，同时伴有医学和科学依据。这样，是不是就会少说很多累己误人的话呢？

灵 魂

古人说你是神，附体三分，伏鬼行事，灵魂徘徊，靡所瞻逮。

宗教说你是觉，无形无迹，无影无踪，无生无死，无处不及。

百姓说你是命，魂魄相依，肝胆相照，丢魂失魄，追魂夺命。

文人说你是光，思想之光，情感之光，精神之光，文明之光。

将军说你是剑，慑敌之剑，破甲之剑，攻坚之剑，胜利之剑。

哲人说你是道，立命之道，命运之道，安民之道，济世之道。

人偶尔可以心怀苟且，但不可以没有灵魂，因为没有灵魂，生活将变得得过且过。

人倒是可以顾怜肌体，但不可以不慕顾灵魂，因为不慕顾灵魂，精神将逐渐衰弱。

人姑且可以租赁体魄，但不可以租赁灵魂，因为租赁灵魂，将招致身心失魂落魄。

人固然可以出卖劳动，但不可以出卖灵魂，因为出卖灵魂，终会得到万劫不复的结果。

无　题

长忆桑梓地
犹念丹河旁
青柳岸边绕
卵石铺河床
水落石头现
罗布浅水塘
欣然戏水来
青苔挂身上
水细鱼游疾
捉鱼把神伤
麻绳系竹竿
铁丝弯钩绑
挂上蚯蚓饵
痴钓一大晌
谁知鱼儿饥
踊跃把钩上
鱼小尾数多
钓来半竹筐

为博父母心
偷偷烧鱼汤
煮了一大锅
喊人来品尝
叔说不吃鱼
婶说腥味呛
给谁谁不吃
送谁谁不尝
自个来一口
也觉味难当
原来没放盐
味非所想象
无奈全倒掉
独自把泪淌
父亲知情后
不责反表扬
那年十来岁
至今仍不忘

善　行

佛教所说的贪嗔痴很有意思，应该说揭示了人性丑陋的心性根源。以贪嗔痴作为一个自私痴蛮的泼妇名号，真是再合适不过了。这么一说，让我想到了曹德旺。之前偶尔听到曹德旺的一段个人情感经历自白，深为他结发妻子的人品所感动。比照贪嗔痴，曹德旺的妻子真是一位绝无贪绝无嗔绝有“痴”之人。只不过此“痴”非彼痴，她的“痴”是对曹德旺的体贴，对三个孩子的疼爱，以及对曹德旺母亲的孝顺。面对这个见第一面即入洞房的“糟糠之妻”，曹德旺一度在外遇的热烈和夫人的厚德这两股力量间摇摆撕扯，但他的一颗良心犹在，最终被妻子善良的人性光辉所熔化，以致魂系老屋，守心如初，将百亿资产放于妻子名下。由此我想，贪嗔痴是一种原生力量，不贪不嗔不痴是一种升华的力量。区别在于，贪嗔痴与生俱来和人性捆绑在一起，是为陋；不贪不嗔不痴是脱离了贪嗔痴的人性升华，是为善。善行与陋习看来永远不在一个量级上。

观　世

有一种寂静叫蝉语，好似生命港湾里爱人温柔的叨唠，白日的嘈杂不休，以及嘈杂里不和谐的声响，会被她的声音过滤清透。

有一种忧郁叫乌啼，好似山涧小溪流入谷底，停下了歌唱，也停下了欢乐的脚步，静待月落日出后的凤鸣朝阳。

有一种节奏叫鸡鸣，好似晨光初熹时的哨兵，当黎明一遍一遍被呼唤，旭日的万丈光芒，会照亮这世间每一个勤奋进取的灵魂。

有一种劳作叫雀声，好似农夫起早在田间耕耘，当万物被此起彼伏的喧嚣吵醒，大地就会把早餐给雀儿们呈现得尤为丰盛。

有一种尊严叫不语，好似山的巍峨与坚定，任他冰雪覆盖惊涛拍岸，任他狂风骤雨电闪雷鸣，亦是岿然不可撼动。

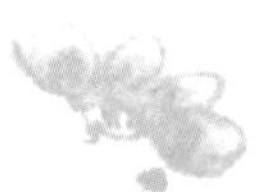

“痴”相

傲慢无礼的人，其实都是一副被异化了的“痴”相，在他们的自我意识中，必然有一种魔障，或权力地位，或富贵名望，或先天优势，让其滋生优越感。过度地放大这种优越感，即生傲慢。在放大优越感的自我意识里，除了良心良知不足之外，往往欠缺三种认知：（1）欠缺完善的生命观。每个人都是一个完整生命体，具有独立精神世界和个人优长，都有值得他人尊重之处。芸芸众生，济世其美，生缘有别，本无贵贱，一生不长，盛必虑衰。（2）欠缺正确的时空观。山外有山，天外有天，三十年河东，三十年河西。对他人的尊重，应基于同情同理，如若妄自尊大、以势压人，或趋炎附势、因势论人，最终往往会一败涂地。（3）欠缺辩证的荣辱观。中华民族有深厚的历史文化传承，历来把仁厚忠义作为文化内核，视为做人底线。以我之尊成人之尊视为尊，以我之尊致人之辱实为辱。乐团里的各式乐器音质音色音程各有不同，但繁弦急管，相映成趣。这种真善美的创造，是远离傲慢的。人生，其实也是这样。

善　良

善良没有面孔。平生第一次相识，是我的祖母递给饥饿乞丐那双颤抖的手中的半个玉米面饼。

善良不讲缘由。平生第一次疑惑，是志愿军女军医给予人道主义包扎救治的被俘美军伤兵。

善良不喊名姓。平生第一次直呼，是“出差一千里，好事做了一火车”的共产主义战士雷锋。

善良不分年龄。平生第一次惊惭，是那位靠蹬三轮车赚钱支教的年近90岁高龄的白方礼老人。

善良不论身价。平生无数次掂量，都重不过那些为民族大义和人民安危敢于赴汤蹈火者的牺牲。

遗　传

遗传是血缘的赓续，内在一个“连”字。俗语道：世间最亲骨肉亲，断了骨头连着筋。

遗传是基因的复制，外在一个“像”字。俗语道：儿子像娘，金砖砌墙；女儿像爹，反穿皮袄。

遗传是生命的延伸，承在一个“影”字。俗语道：学生是老师的影子，儿女是父母的影子。

遗传是精神的港湾，同在一个“爱”字。俗语道：独生子女哭一声，父辈祖辈齐齐惊。

遗传是上辈的传承，常在一个“传”字，俗语道：龙生龙，凤生凤，老鼠儿子会打洞。

遗传是灵魂的升华，昭在一个“超”字。俗语道：青出于蓝而胜于蓝；长江后浪推前浪，一代更比一代强。

悲　哀

你仿佛是一名泳将，时间对你来说就像水一样被你一把一把地奋力划向身后。因为你的心里只有这样的向往——美好的事物永远在前方。

你仿佛是一只大雁，从不认可世间还有享受独处一说。你认为独处就是孤独，是作为群居动物不能忍受之痛苦，但热闹久了心又会向往孤独。

你仿佛是一个孩童，绝对依赖自己的直觉。所以，你何时何地都在随想随说，常常不仅自信而且洒脱，洒脱地把内疚式自知和学究式知人视为负担。

你仿佛是一只飞蛾，尽管火焰有灼热高温，但为了心中向往光与热的执念，毅然振翅向前，直至焚身而终。

哦，原来你的名字叫悲哀！

思 维

人走向成熟的一个重要标志是建立质疑思维（理性思维的前提）习惯，即告别孩童时代的依赖性思维，以及仅凭直觉对人对事、见人见事的直观思维方式，代之以“直观直觉——感性认识——质疑求证——理性认识”的思维模式转型。人群中常见行事做派截然不同的这样两类人：一类是相识但不易走近，与别人交谈交往中，他总是作为一个观察倾听者、发问追问者、被动交道者，在很多问题上他不是孤陋寡闻而是不愿当信息源头，总表现为信息接纳方。这类人善于关注、审视问题背后的问题，有时对可左可右或模棱两可拿不太准的事情，会反复权衡。这类人多数是不可小觑的聪明人。还有一类人，他们和人见面熟，性格直爽，大大咧咧，没有心机，率性而为，高兴不高兴都写在脸上，有钱没钱都不会吝啬，办事情三分可能七分乐观十分希望。他们关注问题背后的问题少，凭第一感觉看人行事，这类人好相处，但往往感性有余理性不足，自以为是，易上当受骗，被人利用，碰钉受挫。两类人的根本区别，就在于一个完成了思维转型，一个尚未完成；一个是大脑指挥，一个是性情使然。

自省

自省是一种素养，具有这样素养的人，会少生好多疾病，少犯好多错误，也少走好多好多弯路。

自省是一种能力，具有这种能力的人，会独立思考问题，有独特人格魅力，具有独特精神品质。

自省是一种审美，有如此审美情趣的人，好比随身携带一面镜子，让人格的边幅能够时时得到修整。

自省是一种自爱，懂得如此自爱的人，会不断呵护自我精神世界，最终滋养出一个自己喜欢的自己。

自省是一种养生，懂得这么养生的人，会不时进行自我身心调理，活出一种追求美好生活质量的人生境界。

自省是一种智慧，具有这般智慧的人，善于在身外之物与身内之物间架起桥梁，达成人我相通、天人合一。

自省是一种精明，有了这般精明的人，会强化对生活路径的记忆，使自己不会在同一个地方再摔跟头。

自省是一种境界，有这样境界的人，常会思考我是谁？我从哪里来？我现在在哪里？我将要去何处？

本 质

在山顶上俯视山下的人，往往会把山下的人看得很小；在山脚下仰视山顶的人，往往会把山顶的人看得很高。

领导讲10句套话中仅有的那句实话和下属讲10句实话里仅有的那句套话，都有可能瞬间被放大。

个别人若能拿出三分之一在单位对领导的尊重、用心与听话给自己的父母，自个儿幸福不说，那就是个妥妥的孝子了。

部下要做领导没精力做的事；领导要帮部下解决自己没权力解决的问题。

高明的领导会以其厚德载物培养部下更加厚德载物，使其最终成为在各方面既有他的影子又能超越他的新生代。

往往是，领导的伴侣、子女、亲友、身边人给下级带来的与领导本人关联的作风态度，折射着领导真实的德性。

小 人

前两天一小朋友在电话里骂他一朋友为小人。我问他原因，他说他的这位朋友让他给另外一个朋友投点资，他不乐意，对方就骂他，这不是典型的小人吗？我问他，你的这位朋友是帮自己还是帮别人？他说是帮别人，并说本不干这位朋友的事，为人家仗义得有点不讲道理。我告诉他这不叫小人，小人的特征是：（1）唯利。这样的人眼中永远把自己的利益放在第一位，为此可以无视公序良俗，可以不择手段。（2）不义。小人眼里的他人都是被利用对象，因而常自私狭隘到认为利人就意味着损己的程度。（3）寡恩。对小人的帮助，也会让他产生一时的感激，但就像儿时吃过奶娘的奶一样，不入记性。恩情过后，有时翻脸比翻书快。（4）损人。小人遇利益纷争和冲突，首先想到的不是平衡得失，而是如何损毁对方。（5）自负。小人有自我放大的癖好，比如欲望、聪明、忍耐等。一面见不得他人好，一面贪得无厌。（6）恶终。小人恶终是注定的，因为他在所有人心目中都没有分量，终将结局凄惨。总之一句话，小人永远活不出自己。我的这位小朋友听后点了点头。

尊　严

对他人最基本的尊重，是尊重人的尊严和生存权。尊严是每一个人都拥有的基本人格和权利，只要没有危害国家、社会和他人的安全利益，人的尊严是应当得到尊重的。通俗地说，就是对他人作为平等的人的一种认可与维护，就像认可他人的身体或身上某个组成部分比如眼睛、鼻子一样，这是人类社会文明发展到今天取得的重要成果。由于现行法律侧重于维护人的生命和物质利益形态，人的尊严有时容易被某些人无知无忌地践踏，有的对人的精神利益构成严重危害以致殃及健康与生命，这一点须引起社会的重视，相信未来的技术和法律会解决这类问题。再一点，必须尊重他人的生存权。人与人同世共存就是缘分，每一个人都以他人的存在、成长、发展、幸福生活为自己存在、成长、发展、幸福生活的条件。不懂得这一点，人终将是一个狭隘的人，一个人格不健全的人。这种人的一生，是不会有精神自由的。

真　谛

人际关系的真谛始于相同或相近的志趣，臻于和而不同。马克思主义哲学讲存在决定意识，但在意识的相互碰撞中，又有多少人会自觉地从源头出发考虑问题？不是没有但肯定不太多，这就造成了很多令人深思的现象：如同亲眼所见似的津津乐道八卦绯闻，好像亲身经历似的揣测并妄评他人的是非曲直，不做调查印证仅凭只言片语就断定他人的所思所想，固守着自己的僵硬理念……这些，都是良性人际关系互动的障碍。把握人际关系特别是朋友圈的人际关系，应该先全面真实地从源头了解，进而搭建起亦同亦异、时同时异、求同存异、和而不同的理念之链。如果说一定要去改变某某人的思想观念，那么在我看来，最智慧的做法应该是去着手改变他所倚重的存在形式，否则极有可能是一厢情愿。很多事情，煞费苦心，忙乎半天，到头来白忙一场，徒劳无功。

生存权

能否尊重人的生存权，是一个人有没有正确生命观的体现。所有人的生命，都是一个完整的有机体和独立精神个体，具有唯一性、暂时性、阶段性、脆弱性、不可逆性之和。谁也没长着三头六臂，谁也都是仅活一辈子，谁也都在重复一日三餐，谁的命也都在一睁一闭一呼一吸之间。造物主早已公平地给了每一个人基本定数，而有些人偏要建立一种不平观念，硬要把人分成人格迥异的三六九等。更有甚者，在这样的思维逻辑下，在一些人眼中，有的人不是人是神，有的人不是人是物（非贵重之物），有的人甚至是草芥……当然远不止这些。这些看似明白实则愚昧看似高贵实则庸贱的生命观，说轻点，是一种社会病；说重点，是人类进化在这些人身上的倒退。每每看到那些漠视疾苦、待人不如狗、见死不救的报道，总是心潮难平。不得不说，有的人把生命的价值定格在自己活着，哪管他人死活；有的人把生命的价值定位在为面子活着，以他人难堪为快；有的人把生命的价值定位于各种社会符号，视弱者生命如鸿毛。这样的人，到了自己走的那天可怎么向“上帝”交代？

不如意

一个对人的生理局限性和人的意识经验局限性有充分估计和正确判断的人，往往也是一个善于在社会事务与人际交往中建立置疑性思维习惯的人。这种习惯其实是一种求真务实的思维品质。我们在生活中常会遇到这样的情形：你认为非常简单的事情，在他人那里会变得很复杂，而你认为很复杂的事情，在他人那里又变得很简单。这就体现了个体思维在全面性和判断选择上的差别。古人常说一句话，人生不如意事，十常八九。在我看来本没有那么多，之所以被说得那么多，通常是人总习惯于拿许多不可能如意之事，硬要将其强行完成所造成的。所以，不如意的不是客观本意，而是无视客观条件的一厢情愿之意，有的甚至是贪心妄意、邪意恶意。这样的事情在不如意之事中占比很大，原本都是瞬间可以释怀的，但有些人就因此滋生郁闷了。如是说来，佛家讲的“痴”还真是大有其人，恐怕这也是人为降低幸福指数，衍生出各种人祸的根源所在。

意识运动

人的意识之本源，至今仍是无解之谜。这方面具有现实意义的研究，是意识运动和意识功能。人的意识运动达到驱动功能作用的时候，往往基于以下存在单元和过程要素：(1)相关知识见识；(2)有关阅历经验；(3)基础思想观念(世界观人生观价值观)；(4)核心价值需求；(5)实时吸收消化；(6)全要素价值评估与取舍。当然，这些都是最基本的，还有环境、氛围、情绪、情感、情势、干扰等外在因素的影响。人的意识运动过程的能效，决定了相应的社会实践活动能效。剖析这些，无非是想言明几点启示：决定做某件重要事情之前，最好是正本清源，对动机、出发点反复斟酌；与人性磕碰的事，难度系数都不能低估，利益当前，大事大难，小事小难；要打胜仗，冲锋之前须有自醒——常胜将军的胜绩多在战前。

命运状态

人在生命历程中能努力成为一个自食其力的劳动者，并因其劳动所得与回报心安理得地度过一生，这便是一个不错的命运状态。虽然独立的生命个体因他人的存在而具有存在的价值和意义，但不是要一味地去扩张这种比较价值，硬要去追求比众人好得多的生活，那样往往会适得其反。一个完整的生命过程，重要的是基于两个方面：一方面，能创造包括维系个体生命和家庭生活所需的劳动价值，这也是近乎动物性生命运动的基本要求。如果不是被动的而是能动的，不是寄生的而是自主的，生命的意义就基本具备了完整性，若能创造更多剩余价值，则会成为社会宠儿。另一方面，个人和家庭作为社会细胞是否具有健康活性，对社会同样具有重要的精神文化价值，个人、家庭的安居乐业，就是对美好生活的描绘。反之，则会引起不和谐的连锁反应。

活着与死去

浩瀚宇宙中，一个人就是一粒微不足道的尘埃。活着，叫风尘苦旅；死了，叫尘埃落定。

大千世界里，一个人就是一缕历史长廊里的云烟。活着，曾经叱咤风云；死了，便是过眼烟云。

茫茫人海中，一个人就是一个来去匆匆的过客。活着，叫客来主人欢；死了，叫客走主人安。

微信朋友圈，一个人就是一份时浓时淡的情谊。活着，人在情亦在；死了，人去情亦迁。

家族家庭里，每个人都是一幅精神家园的山水画。活着，会挂在家人心房；死了，都是深置家人心底的珍藏。

自我意识中，每个人都是一支风中摇曳的蜡炬。活着，或能燃烧自己照亮别人；死了，终将蜡炬成灰灰飞烟灭。

强加于人

陈俨兄前几天在微信朋友圈点评中写道：许多错误和悲剧的发生都在于强加于人。对此，我感同身受。应该说，在国际关系中是这样，在人际关系中同样如此。捋了一下，平等人际关系中的这种强加于人的情况，实际上极易埋下三种祸根：一是在被强加者看来，强加者对他们是种轻视、无视甚至蔑视的态度；二是在被强加者看来，强加者是在肆意践踏他们的意向、意愿甚至意志；三是在被强加者看来，强加者是在羞辱他们的智商、地位甚至尊严。三则中每一则都有可能引发程度不同的矛盾冲突。要知道人是最在乎尊严的，即使是身份再普通的人，在维护自身尊严时也会迸发出大的能量，这就是强加于人轻则酿成过错，重则酿成悲剧的根本原因。正因如此，聪明人很少强加于人，智慧之人更不会强加于人。

自胜者强

记得多年前，一位老首长在讲战法时，强调过“三避”：避影匿行，避俗趋新，避实击虚。由此我联想到老子《道德经》中的“自胜者强”，即善于战胜自己的人更强，这正是老首长讲的意义所在。老子云“知人者智，自知者明，胜人者有力，自胜者强”，我认为每一条都重要，但尤感“自胜者强”更为关键。这一条没做好，往往就是一些聪明人败走麦城的内在原因。其实，军事上的战法和人们生活中的做法相通，因为社会原本就充斥着矛盾和竞争。这么说来，人要做到“自胜者强”，恐怕也要讲个“三避”：避害、避短、避锋。世事无常，我们时时刻刻都要有规避风险和危害的措施。目前，经济高度发展后，社会物欲横流、鱼龙混杂，人们重趋利、轻避害，必然会有潜在的风险。明己之短，补己之短；克己之短，扬长避短；脚踏实地地顺势而为，终能见到铁树开花。

胆大妄为

在当今社会生活中，“胆大的人”似乎越来越少了，我想这应该是社会面貌越来越法治化知识化所致，加上强力反腐肃纪扫黑除恶，人们的安全感骤升。全面法治和反腐肃纪扫黑除恶是利剑，知识化则带来理性。但同时，经济社会的利益驱动和价值多元的个性选择又容易催生大胆之人，这是一个问题的两方面因素。通常说的胆大之人有两种，一种是胆大心细，心细是前提，胆大是结果；另一种是胆大妄为，胆大是前提，妄为是表现。心细的胆大是理性的，是一种正能量的决心与意志。导致妄为的胆大是感性的，是一种负能量的无知无能。在现实社会生活中，胆大妄为是毒瘤，既危害社会，也危害个体。这样的人，心灵成长较慢，人格健全程度较低，身上靠直觉和第一感觉鲁莽言行的习惯比较固化，且自己毫无觉察和警惕这种习惯的能力。这么一来，许多违法犯罪突破底线的事，就能在侥幸心理和不管不顾中发生，待事情发生承担后果的时候方生悔恨。

名词意味

【学习】学而不思则罔，思而不学则殆。一个人的学识若不在创新创造中激活，便和一条干涸的河流没什么两样。

【道德】道德是社会的产物，人的道德需要与其社会化程度和社会融合度成正比。在一个扭曲的灵魂面前，道德将一文不值。

【战争】赢得战争的法宝有两个，近距离看是军事上的绝对实力，远距离看是以人心向背和战争潜力为要素的绝对实力的绝对变化。

【权力】权力姓公不姓私。公权力的本质是责任，是依法依规分配处置公共资源之责，此所谓权力奉公天经地义，权力谋私离经叛道。

【做人】会做人的人，是总能持续不断地给别人输出尊重、理解、善待与帮助，不求回报，却最终得到出乎意料的丰厚回报。

【做事】做事的精髓在于天时地利人和，以及为促成天时地利人和所作出的积极努力。其中，实现人和这一核心的核心是切蛋糕的功夫。

幸福在哪里

“幸福在哪里？朋友我告诉你……”记得20世纪80年代一首流行歌中有这样两句歌词，寻找幸福其实是人们乃至人类社会永恒的话题。人人都有自己对幸福的理解和追求，我的感悟是:（1）灵魂明净。能仰望头顶灿烂的星空，能倾心绮丽多情的广袤大地，能敬畏鲜活而宝贵的生命，能以宇宙情怀坦然面对生死。（2）精神富足。对世间万事万物保持尊重，能与社会文明建立适当的认知沟通，重视构筑属于自己的精神家园。（3）人性兼容。懂得我是谁？我从哪里来？他（她）是谁？他（她）从哪里来？我愿意和谁在一起？我与谁能最大限度地相互包容？我最终走向哪里？（4）心理平衡。经得住四季里的风霜雨雪，经得住航行中的潮起潮落，经得住人流中的你冲我撞，经得住人世间的你来我往，经得住肌体内的此消彼长，经得住人生舞台上的你高我低、你前我后、你重我轻、你多我少……如此，即是幸福在哪里的答案。

幸福的“有”与“无”

前两天看到这样一则言论：幸福在于“有”——有车有房有钱有业有家庭有子女，越有越幸福……我说其实幸福在于“无”——无忧无愁无病无灾无外债无仇人，越无越幸福……这话乍一听新颖别致，回神一想，却很容易把人带到沟里去。倒不是说讲这话的人居心不良，而是多少有点无视逻辑。没工夫在这里揭示一堆“有”和“无”的内在联系与辩证关系，只想罗列以下试问：（1）没车没房没钱没家该有的都没有，无忧无愁的基础前提在哪里？问问百姓平时忧愁最多的是什么？（2）置身经济社会，很多人已经把“有这有那、应有尽有”理所当然地幸福化了，不信你问问他们何谓幸福？（3）逻辑上，“有”常为内涵，“无”常为外延，不可割裂，“有”是幸福的必要，“无”是幸福的充要，“面子里子”都要，是为道理所在，而非求“有”不求“无”，求“有”定少“无”。不然的话，动那么大干戈脱贫是为什么？40多年前国家承受脱胎换骨般改革阵痛强力推进经济转型发展又是为了什么？（4）不基于全面高质量发展之“有”而产生的“无”，要么不是真正意义上的“无”，要么真就是无了。

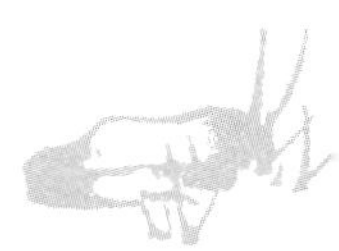

幸福感回归

幸福是个社会学概念，人们所处的时代条件不同、历史文化背景不同、阶层阅历不同，对幸福的认知与感受也各不相同。

对于幸福，美国有主观标准体系，欧洲很多国家有客观标准体系，其中德国又有主客观标准体系，中国人的幸福观目前所知似乎没有独立的标准体系。

中国人的幸福感和幸福理想呈现多元的多维的多变的动态，与近代以来中国社会历史的剧烈变革有关。

其实中国是福文化历史最悠久的国度，只是这样的文化遗产传续，在近代受到了工业化全球化现代化的影响。

当下人们的幸福观在实用价值观统驭下，已经出现了一些变化，须警惕相关优秀文化传统出现断层。

人们的生存生活、健康安全等基础需求满足后，还是要多汲取老祖宗的智慧，让奔波的人生臻于宁静致远。

剖解和谐

和谐是人类社会的共同追求，被视作人的精神世界的重要引擎。中华民族自春秋时期，就有了和谐的社会理念和理想，管子、孔子、孟子都有相关论述。和谐的圆心是人，是由人而生发的人与人、人与社会、人与自然的和谐。但剖解开来，又能延展出许多繁茂的枝叶。其中，人与人的和谐包括自我（生理机能）、我与我〈自我认同）、人与亲人、爱人（含性）、友人、同人、邻里、路人以及故人的心理与行为和谐。人与社会的和谐包括世界视野和眼光，对人类文明演进、民族文化根脉、国家利益发展以及政治经济社会生态变幻的深刻洞察与情感认同，维系事业追求、家庭责任和人生意义的情怀。说白了，就是有澄明的世界观价值观人生观。人与自然的和谐包括开明的宇宙观、依存于自然的生命意识、融入自然的生存理念、热爱自然的精神情趣、保护自然的责任担当。一个成年人，当他（她）根植于心的诸多和谐枝叶都能沐阳光雨露生长，他（她）就能成为当今人类社会的一团和谐的星星之火，而遍地星星之火，必成燎原之势。

“致仕”三归

中国古代官员退休称为“致仕”。如今生活水平提高，人的寿命延长，许多60岁左右的干部从领导岗位退下来之后，身心状态尚好，便又开始二度创业，可结局要么无果而终，要么把自己搞得一地鸡毛、苦不堪言。其实，领导干部从退下来的那天起，就意味着“三归”：一是权力归零。不在职位，不掌权力，顷刻间会解除和松绑很多过往的人际关系，此乃时过境迁，而非人走茶凉，对职权切勿恋栈。二是能力归璞。领导同志在位时，人们称赞能力强、水平高，很多时候是旁人迎合、奉承出来的。如今退休了，这方面便回归本真，无异于常人。三是体力归怂。年逾花甲，分明呈见老之势，须有自知之明，尽量做到悦人悦己，力避官本位影子下的劳人累己。

负面情绪

一件窝囊事，几番噩梦醒。初夏的一天，到金鹰C馆买鞋，时间关系，匆匆忙忙把车停在地下车库，买完鞋找车时才意识到没记住停车区域车位号。那天不巧，电子钥匙也不好使了，在偌大的车库里走反了方向，整整转了近半个小时才找到车，急得出了一头汗，中午饭也耽误了，不免懊恼。就因这么个事儿，半年来已经两次做过到处找不到车的噩梦了！尤其是今天凌晨五时许，梦里把车停在路边，下车到前方查看路况，回头就再也找不到停车的地标方位了，问旁人谁都是不理不答，心里那个着急难受，硬生生把自己逼醒了。噩梦一事让我联想到，人还是降低负面情绪的影响为好，负面情绪对人的生理功能的影响看来要远大于人们的想象，轻者会影响人的心理健康，重者会影响人的精神状态、免疫能力、消化神经系统、心脑血管等。如果说人的负面情绪像刮风下雨的坏天气的话，人们应对不良天气倒是有许多办法，比如穿上雨衣打上雨伞。这么看来，我们平时是不是也有必要备些应对负面情绪的“雨衣”和“雨伞”呢？

啥人啥命

一个从失败的教训堆里爬出来毅然不改初衷铭记教训奋力前行的人，离成功就不远了。

一个惯以良心善行对待他人，虽然吃了不少亏但从不抱怨的人，离好运就不远了。

一个以满足他人的需要为核心尽力尽责精益求精地劳动创造的人，离财富就不远了。

一个以做人做事为本，每每能把事业干得漂亮又不贪求所得的人，离升迁就不远了。

一个能以心性情怀和良知良能包容女人，且又能秉持自律的男人，离真爱就不远了。

一个在价值丛林里没有一席之地，靠辗转腾挪移花接木骗人的人，离自辱就不远了。

一个深陷于往事纠结，把芝麻当成西瓜把西瓜当成地球的人，离抑郁症就不远了。

一个知道自己几斤几两，每天消耗几斤几两的人，离长寿就不远了。

问题背后的问题

知识时代的人，在攸关自己的工作家庭、生命健康以及世情国是等问题上，当个明白人，是个不算太高的要求。之所以想到这些，是因为前几天一位新认识的朋友对我说，部队原先搞生产经营不挺好的嘛！现在又不打仗，怎么就不让搞了呢？我笑着对他说，如果那样的话，真打起仗来，部队就没能力应对战场了。这番对话让我想起上大学时我的高等数学老师在第一次课上讲的一个小故事，她说她在“文革”期间给学生上课，一次一名学生在课堂上举手发问：老师，我知道常数的一阶导数等于零，可它为什么等于零呢？这名同学的问话着实把老师惊了一下——这门课都快学完了，还在提出这样的问题，真是典型的知其一不知其二，知其然不知其所以然，老师告诫我们要引以为戒。的确，如果注意观察的话，我们周围有一些这样的人，不善于研究性学习，习惯于看热闹不看门道，想问题做事情常常止于表象，不关心问题背后的问题。这一点，恐怕就是人和人有别的最大分水岭所在。

庸人自扰

上篇提到人生过程的不可逆性，是想说人生经历在时空上永远是单程的，很多经历过的事情当时既不可比较，也不可选择。其中还有一个很重要的内涵没有展开说明，那便是人生的阶段性和成长性。阶段性是形式，成长性是内容，这里面须建立三点重要认知：（1）应该说人生在各个阶段都是向好的，各个阶段的向好也是讲条件讲机缘讲能力的。大凡认为之前不好之前遗憾的，当时要么没条件，要么没机缘，要么自己不具有判断选择能力。如是这般，今天的遗憾惋惜后悔，事实上是难以成立的。（2）相反，每个人走过来的属于自己那条后来总是不大满意的路，一定意义上讲，就是你独有人生的独辟蹊径了，这和你后来满不满意毫不相干。（3）这个世界，人与人共而不同，和而不同，各个人生阶段上自己与自己也是共而不同、和而不同，就像同一枝头上的花开花谢。以人之末看人之初，以爱之末看爱之初，以官之末看官之初，以成熟的你看成长中的你，都会滋生出很多所谓的遗憾和悔意。但说白了，你可以有遗憾——那种轻松玩味的回想，而不是非理性的庸人自扰。

新与旧

就物质运动及其形态而言，世界上的新与旧，永远是两个具有相对性的概念，尽管许多人心里不这么认为也不情愿这么认为。

地球表层与大气层之间的物质与能量，是在不断变换结构姿态不断演变交替循环的，包括无机物、有机物乃至构成有序有机物体系的所有生命。

通常人们眼里所看到的新，要么是旧物质的新形态，要么是旧事物的新形态，要么是你眼里不曾见过的新事新物新人新景，抑或是你的新感受。

正因为人的社会性有求新特质，所以社会实践就永远在求新翻新，直至关乎价值与福祉。但是，切不可把新旧概念混淆到离谱和自以为是的程度。

事实上，今人皆有旧人的文化与基因，新鲜物皆为旧物重组，新事物多为旧事物的易置翻版。人们眼里的新与旧，其

实都是暂时性的存在。

这么说来，网上所谓“旅游就是去别人玩腻了的地方”“你的新欢无非是别人的旧爱”等等流行说辞，多为文化误导，不敢说其无知，但一定是无聊。

照天烧

堂兄打来电话告知他们一家人都阳了，并说过程挺痛苦。之前他从喧闹的小城市躲到老家农村，亦难逃此劫，看来病毒蔓延之处，没有世外桃源。我十来天居家防疫，很少出门，时不时望一望窗外街景，见人流车流锐减，随想到即将到来的春节。当下一副静默状的城市景象，会不会在春节里被喧嚣喜庆的烟花爆竹激活气氛？进而想到毛主席那首《送瘟神》中扬眉吐气的诗句："红雨随心翻作浪，青山着意化为桥。天连五岭银锄落，地动三河铁臂摇。借问瘟君欲何往，纸船明烛照天烧。"中华民族历史悠久，数千年来我们曾经历过无数艰难困苦，如今的14亿中国人民更要挺直腰板自立于世，相信无论疫情再怎么严峻，病毒再怎么顽劣，最终都会被勤劳智慧的中华民族和顽强不屈的人民踩于脚下。

善与恶

人的善与恶相关意识观念形态的建立，须经过“本能反应——利害权衡——纳入社会化标准”这一逻辑单元的无数次往复。

善与恶作为两个具有关联性相对性的范畴，统一于人的价值观念。这将导致人身上的善恶意识与行为表现，取决于良心良知以及对本能与利益驱动的利害权衡。

善行与恶行都是有条件的。一个连自己生存的本能需求都满足不了的人，是不会有多少利他之心的。相反，在良知难以化解时，有可能转化成恶行的原生动力因素。

善与恶既是关联的也是相对的。人的善与恶，本身就是个天然的无形复合，包括贤者在内。人难有纯粹的善，也难有纯粹的恶。

自然人的善与恶，分水岭是利己与利他，阶级、集团与国家行为的善与恶，分水岭是维系核心利益的博弈。故立场使然，对善恶的评价实际上又具有游离本质的多元性。

如是说，真正具有现实意义的抑恶扬善是对个体的人的。即在现代社会生活条件下，于大力激扬社会责任的同时，能多一些扶贫助困、兼济天下，少一些物欲横流、为富不仁。

魔幻世界

近日看到两则几乎能惊掉人下巴的人工智能介绍，一则是预测20年后，人类即可进入强人工智能时代，届时的人工智能水平将与人的智能水平拉齐。二则是近年出现的CHATGPT聊天软件，最新的第四代产品已经可以识图，可以听懂笑话，并能准确找到其中的幽默点。已有美国学生撇开学校老师大量使用CHATGPT于奥数竞赛、律师考试和高考，竞赛考试成绩优于90%以上考生。这则介绍还说马斯克今年将量产可替代70%岗位人工操作的机器人，这种机器人身高1.75米，步行速度每小时8千米，可全时工作10年。人类现代科技照此发展下去，预计这类惊掉人下巴的闻所未闻之事会如雨后春笋般涌现。不远的将来，人类或许真的会打造出一个现实版的魔幻世界。由此可以想见，当人类的劳动生产大多被机器人所替代，人类自身的智能运行与创造也被现代技术手段所替代，甚至于未来战争样式也实质性地呈现为天空有无人飞行器、地上有无人驾驶战车和智能机器人、水下有无人潜航攻击性武器载具的时候，人工智能化成果对人类生存的挤压以及对人类文明的反噬就会呈现。若智能化进一步级数增长晋级为超智能时代，对人类来说，是进是退？是荣是辱？是福是祸？是存是亡？恐怕目前是谁也难说得清楚了。

变脸时代

短短十来年时间，眼睁睁看着被科技颠覆了的生活方式的诸多改变，节奏之快近乎日新月异。记得十年前开车到城乡接合部的交叉路口，总能看到三三两两举牌带路的人，市里的出租车也常赚取带路钱。导航的出现，带路生意被一扫而光。机场高铁售票大厅里，再也看不到排成令人绝望的长队；网上购物不知道让人们省掉了多少逛街串店的时间；大街上很少再听到对出租车司机拒载的骂声了；很少看到拎着装满钞票手包的男士了；街市上的报刊亭也找不到了。传统刑事犯罪的空间，被人脸识别、监控、通信定位等技术手段强力打压；传统的语言文字规范受到层出不穷的网络词语冲击；就连传统地面作战方式，也被星链、察打一体无人机等新质攻击手段所改变……人类世界，像是进入了从未有过的变脸时代。其实，生活方式的快节奏改变固然带来便捷新颖，但也很容易把人们的社会文化意识理念，导入到充满不适性、不确定性甚至是矛盾性的混沌状态，如同平静海面的潮起潮涌，会产生不少推波助澜的弄潮儿，也会把许多经不起风浪的人拍在沙滩上。

时代形态

在抖音里听到这么一句话：别总是用自己的嘴去评价别人的生活，也别用别人的脑袋去思考自己的人生。其实，这样的情形在今天这个时代已经不再具有普遍性了。像我们这样阅历的人，从基于计划经济的社会价值理念，过渡到今天基于社会主义市场经济的社会价值理念，经历了一个渐进的转变过程。之前的那个年代，人们关注他人并以社会统一价值理念审视他人和自我的程度，要远比当今时代突出得多。经济行为方式的多元与多变，必然导致社会生活观念与方式的多元与多变，今天的人们在许多方面已经形成了划时代形态。比如，从业观上随行就市式的多变形态，婚姻生育观上与传统渐行渐远的精神独立形态，居住观方面大规模向城镇迁移的变动形态，饮食观上紧扣健康和个人需求的自我形态，交友观上以甄别利弊愉悦为内核的个性化形态，颐养观上由依托家庭走向依托社会的超脱形态等。所有这些都昭示着一个巨变：在当代中国，由物质生活水平日益提高而引发的精神认知方面的裂变，正日益影响着我们的日常生活。

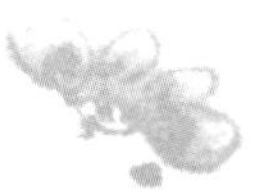

时　间

还没走出兔年的春节氛围，2023年的元月已经成了过去，不禁感叹时间过得真快！时间是什么？是物质的运动和能量的传递。生命相对于物质运动的守恒有终结的一天，所以人们对时间的感受具有视觉模糊与认知清晰的双重性，以及对人生历程而言愈加宝贵。在时间长河里，人的生命只存在于一个不长的时段。正因为此，一个富有人生追求的人总会把自己和时间绑得很紧，在日常生活中惯用两种与时间交涉的方式。其一是，以倒序法对可期的生命历程进行粗略划分，借以设计把握各个时段上自己的社会角色定位、工作生活实践和身心精神状态，以此为自身在各时段上的生命运行铺设一个有虚拟驿站的大致轨道，或者说修建一条通向生命远方的心理和精神之途，循规蹈矩，而不至于慌不择路。其二是，活在当下，计划好每一个白昼，每一个星期，处理好每一件必要和重要的事情，点缀好其中镶嵌在责任和兴致基线上的美好时光，形成过段时日便能有一些知识技能、经验智慧、情谊财富、快乐健康等可见价值的持续增量。如此这般，人们便能在生命与时间结伴同行的底里深情中，真切感受时光的美好和意义。

时间二

时间是物质的运动和能量传递，以及量度其持续性顺序性的参数。所以，时间是绝对变量，也是相对定量，人便活在时间的相对定量里。

在人生的有限时间里，生命的张力和形态在于如何运用分割时间的时段。学识如何？在于你有效付诸学习、领悟、思考、经验的时间；成就如何？在于你用心用力践行某项事业的时间；健美如何？在于你在主动意识下投身健身运动的时间；情分如何？在于你心意满满地倾心于亲人友人相伴相随的时间；明智如何？在于你书写人生答卷的过程中，给了自己多少试错纠错的时间。

时间还有一个容易被人忽视的功能。时间不急于告诉但又总能告诉人们，什么叫物是人非、今非昔比，什么叫往事如烟、事过境迁，什么叫事急则乱、事缓则圆，什么叫无为而治、顺其自然，什么叫三十年河东三十年河西，什么叫时间可证明并化解所有的问题。

尊享时间吧！因为她既是一位独尊独大的王者，又是一位慈爱祥和但只可敬不可违的宇宙老人。

自由“三不”

康德说，自由不是你想干什么就干什么，而是你不想干什么就可以不干什么。在你衣食无忧、精神富足、闲情逸致的日子里，不想做的事可以不做。年轻的时候，因为奋斗，因为成长，因为生活，做了很多很多事情，好些事不想做但不得不做，还要努力做好，倒不是说不愿做的事没有价值，而是没有兴趣，身不由己。自由着，就要做能做且喜欢做的事情。不想见的人可以不见。包括过往你不喜欢人家人家也不大喜欢你的人，见了便滋生负能量给自己添堵让自己不悦的人，与自己三观不合、仁德相左、志趣迥异的人，直觉判断上可能会给你惹麻烦甚至带来危险的人等。不想说的话可以不说。年长以后，人精神富足的成熟表现往往是精神节俭，即所谓的大智若愚，大辩若讷，言简意赅，大道至简，深于城府而不再是了无城府。其实，人一辈子不知道讲过多少闲话虚话空话套话大话废话，成长的时候讲讲是经历阅历，长成以后再喜欢这么讲就是不伦不类了，也就不是真正意义上的自由精神了。所以说，三不一做，方可自由自在。

价 值

人劳动生产的产品具有价值，为满足人的需求的所有劳动生产创造本身，也都具有价值。

可物化可量化的有形价值用于流通交换，通常以货币和价格直接量度的方式，并以此构建人类的物质生活。不可物化量化的无形价值用于流通交换，最终也要采用货币和价格间接衡量的抵充方式，并以此维系人类的精神生活。

可见价值与可期价值，以及物质价值与精神价值，统一于人的生命运动和生活需求。对物质与精神价值交融一体难分伯仲的综合价值衡量，仁者见仁，智者见智。有的本身则永远是无价格之价值，比如信仰，比如美德，比如生命，比如大爱。

能在成本价后面加上个“0”叫牌子，能在成本价后面加上个“00”叫奢侈品，能在成本价后面加无数个“0”那叫文物。所以商品就像航天器，一旦冲出“实用性”的人间大气层，价值便会进入失重状态。而对失重状态价值的追求，是要具备特殊条件的，这对生活在大气层下地球表面的多数人来说，确立此类虚荣虚妄的追求，一定程度上反倒是良心良知失重的表现。

还是珍重人的价值吧！因为人与生俱来的需求无论怎么膨胀，最终都是要回归本真的。

视　角

存在决定人的社会意识。人与人交往形式上是意识的交流，实则是人的意识的碰撞。因意识的独立性独特性和别样性，人与人之间拥有不同视角、不同见解、不同理念、不同立场。

人的沟通能力与心智水平在于聪明。聪是对方的话你听进去了，也听清楚了；明则有点难度，不仅指明白了对方说话的本意，而且明白了对方所以这么说而不像你所期望的那么说的原因。

基于以上两点，我们能筛查出生活中的两种不具有聪明的人。一种是，他们只苛求意识流的情投意合，以致一言不合、一事不合则顿生不快，视为异己。听不得别人的不同意见和批评意见，固执己见，刚愎自用，每每自以为是，事事冥顽不化。另一种是，只要求别人理解体谅自己，不会去主动理解体谅别人，领悟不到人格上的相对独立、心态上的和而不同，以致忽视人格，排斥多样，动辄妄论人非，不会存异求同。如此这般，则会在原本优美和谐的生活旋律中，时不时冒出些杂音来，人为造成人际隔阂与矛盾，这是叫人无语令人遗憾的。这两类人貌似聪明（对己），但不是聪明（对己对人）。人还是把自己历练成聪明为好，与己方便，与人方便。

揭 痂

生活不易是人生常态，只是问题有别程度不同而已。记得小时候懵懂无忌，没有轻重，身上时不时会搞出点伤痕，伤后结痂，创面尚未完全修复的时候很痒痒，忍不住用手去揭痂，结果出现感染，造成更大麻烦。这样的经历许多人都有过。人生之旅，谁不曾经历狂风暴雨，谁不曾踏足泥泞沼泽，所经所历，有的成为遗忘旧事，有的成为心结隐痛。若把这些比作疤痕，无非是有的留在了身上，有的留在了脸上，有的埋压于心底。留在脸上埋于心底的疤痕，就如同尚未完全修复的结痂。生活中个别人喜欢言人之私、评人之短、触人之痛，无异于去揭他人之痂，到头来往往会不同程度地引起彼此关系的炎症反应，不得不说是不大厚道不大明智之举。乐于窥人隐私、议人八卦，也是情趣低俗人格虚弱的表现，或许本无主观恶意，但哪壶不开提哪壶，总是会致人尴尬致己尴尬。一次，启功大师逛北京大栅栏文化商业市场，看到有人在售卖自己的书法赝品，上前瞅瞅，一言不发，一笑了之。同行人问他为何不当场揭穿？他说了一句：人家也没卖我那个价呀！如此仁言利博，折射出一代大师风范，真乃“问君何能尔？心远地自偏”。

肚　量

肚量亦称食量，但现已专指人的宽容度。成年人的食量人人有别，有大有小，和消化食物的能力有关。成年人的肚量亦有大小之别，和消化事物的能力有关。两种能力的不同点，前者主要取决于生理机能，后者更多取决于心性涵养。支撑心性涵养的重要支点通常在于“三根”:（1）善根。善，有先天的成分，有后天的成因，是与人的学识地位财富不构成直接因果关系的特质。佛教里的善根，特指人身上善的根由。善根深厚的人，严于克己，宽于舍得，体谅他人多，斤斤计较少。（2）慧根。更多的是指人与生俱来的悟性与灵性。具有很高悟性与灵性的人，往往也具有基于洞悉事物本质与发展而审时度势的能力，这样的人对人对事的包容度强，并不是懦弱和无原则，而是善于用自己想要的结果反制事物发展过程，于此高人一筹。（3）脚根。脚根硬，脚根稳，源于人格，源于能量，源于阅历。人格高远，就自然注重维护自身人格品位与尊严，对徒费唇舌甚至损害人格的烟云之事选择避让，注重长远利益和更大利益的里子，而非浅薄俗气的面子。能量饱满，就自然不屑于在没有多大意义的人和事上过分纠缠浪费时间。阅历深厚，就自然会殚见洽闻，见怪不怪，自立于“淡看人间三千事，闲来轻笑两三声”的境界。

冤　家

人在过往生活中都可能会有三两个冤家，在某个时期某件事情上对不住自己，甚至损伤过自己，为此耿耿于怀。其实就人的一生而言，这充其量只是生命长河中的一阵风浪。

人生真正的冤家不是别人，恰恰是自己。依旧是自己那只看不见的手，在无形中左右着自己的行为轨迹，导调着成也萧何败也萧何的命运。其中，有难以超越文化底色和精神羁绊的原生家庭藩篱，有保守和陈旧思想理念对变革图强意识萌芽的自我抑制，有随波逐流误打误撞长期徘徊于生命低价值消费的年华虚度，有不怀良知不学无术不务正业不走正道的误入歧途，有目无法纪飞蛾扑火胆大妄为迷失自我的无以挽回，更有长期迁就恶习陋习引发严重家庭和健康问题的不堪回首……所有这些，几乎都在自己身上无原则恣意任性地释放着，假如是他人外力所致，还不得不依不饶视如仇敌？

然而，更大的问题在于，似有不少人，他们或意识不到有这样一只看不见的手，或意识不到这只手对自己如影随形的伤害，抑或是对这样的自我沉沦、自我伤害无动于衷、麻木不仁。如此这般，可能就是人们自导自演一出又一出人生悲喜剧的原因所在了。

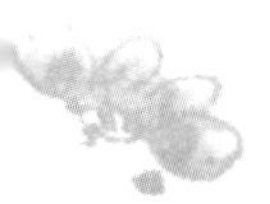

较　量

与不在同一历史时期的人进行成就上的比较，这种较量本身就没有任何意义。因为，人所处的历史纬度不同，其社会实践的开创性不同，取得成就所依傍的社会历史背景条件也不同。

与不在同一认知层次的人就某一话题争论不休，这种较量根本上不具有任何意义，因为这好似不同楼层的两个人相互施展拳脚，你打你的，他打他的，除了让自己受伤，在别人眼里不过是个笑话。

与不在同一道德水准的人进行社会实践竞争，这种较量往往会爆发激烈的冲突。因为，道德高尚者总是秉持着公平竞争的规则，而道德低下者却是酝酿着打破公平竞争的阴谋。

两个并非真心相爱的人谈婚论嫁，其实是异性间追求现实利益的人性较量。倘若在这般较量难分高下时步入婚姻殿堂，两人进入的将不会是家园，而是没有胜算的赌场，或是看不到胜利的战场。

青　年

对青年的年龄段定义有多种说法，联合国教科文卫组织已将青年年龄上限界定到44岁、45岁。但不管怎么定义理解，青年群体总是人类社会的骄子。青年是弄潮儿。任何一个时代的文化新潮，都是由青年群体涌动的，他们有权力也只会认同基于前时代又不同于前时代的时空流转。青年是动力源。他们作为受教育的主体、劳动者的主力，以及每个家庭整体建设的重心，无疑是社会进步的动力源泉。青年是前行者。青年心系远方山巅森林深处大洋彼岸，在人类文明跋涉的历史进程中，他们是走得最快走在最前的人。青年是生力军。小到投身建设劳作，大到维护国家民族尊严，青年都充当了贯穿人类全部历史的精锐先锋。青年是主旋律。以时代前沿物质与精神文化创造为标志的文明演进与更替，交响着与之前和而不同的时代文明主旋律，青年群体既是作者、歌者，也是乐手。青年是“魔术师”。几乎所有文化形态的繁复变迁，都与青年群体的生动创造有关。生活之变、文化之变、科技之变、人与世界的面貌之变……背后都有一种魔幻般的力量驱动，这就是青年。

不要说……

不要说善恶不重要，那是因为你不曾卷入善恶的激流漩涡；

不要说诚信不重要，那是因为你不曾遭遇人性的至暗时刻；

不要说财产不重要，那是因为你生活中不曾有过穷困潦倒；

不要说安居不重要，那是因为你风餐露宿的苦难经历不多；

不要说朋友不重要，那是因为你习惯过孤独无助的生活；

不要说亲情不重要，那是因为你对自身的人性异化浑然不觉；

不要说安全不重要，那是因为你不太懂得人的生命的脆弱；

不要说知识不重要，那是因为你缺少攀登文明高地的宽阔视野；

不要说修养不重要，那是因为你已习惯于别人的冷眼指戳；

不要说道德不重要，那是因为你不自知有堕入低等动物

般人格之趋势；

不要说守法不重要，那是因为你没有长期囿身高墙的煎熬落寞；

不要说荣誉不重要，那是因为你已出现社会心理温度的冷却；

不要说信仰不重要，那是因为你的身心固化了暗淡无光的精神魂魄。

胸有朝阳

有人说不幸福的童年，要用一生来治愈，而幸福的童年，则会治愈一生。我的童年是不幸与有幸交织在一起的，在有幸的成分里，有一件印象深刻而又对我很有影响的事儿，是我的父亲教会我唱现代京剧革命样板戏《智取威虎山》中杨子荣的唱段《胸有朝阳》。记得还是在我六七岁时，父亲便用他源自军队专业文工团的功底熏陶我的文艺素质，主要是练琴、学乐理、唱样板戏。很小的时候，我便能准确唱出很多现代京剧选段。印象最深的就是这段《胸有朝阳》。父亲从讲故事开始，进而指导我识唱复杂京剧简谱、练唱腔，使我把这段《胸有朝阳》唱得滚瓜烂熟。10岁那年，我还在万名学生集会上做过演唱。几十年的风风雨雨过去，记不清有多少次跌入低谷、陷入逆境、面临危难及身负重托的时候，心里都会涌出一股热流，那是父亲给我讲故事时的音容笑貌，是孤胆英雄披肝沥胆的忠心和义薄云天的豪情，是杨子荣高扬的毛泽东思想的光辉！不得不说，这段《胸有朝阳》所幻化出的深植于幼小身心的潜在免疫力，伴随着我的成长发育，成为后来经受各种磨难时难以历数言表的神奇自愈能量。清明前夕，谨以此文祭奠并感恩天堂里的父亲！感恩他的如此珍贵的栽培：胸有朝阳，必自带光芒。

三部曲

若干年前读美国成人教育之父、心理学家卡耐基的书，对他提出直面问题的三部曲印象深刻，即：一个事件（通常是偶遇或突发）来临的时候，首先，搞清楚事件的性质；其次，评估这个事件可能带来的最大危害；再次，从积极应对妥善处置的角度，看当前能做点什么。卡耐基的这个三部曲，可以说影响了美国人100多年。相比之下，我们身边有些人过去应对这类问题的思路好像也有个三部曲：首先，即刻找可资利用的社会关系，借公权力和社会影响力平事消灾；其次，若没有直接的社会关系，就挖空心思地花钱送礼雇个挡箭牌；再次，能耍赖就耍赖，能逃避就逃避。尽管这类滋生物，与人情大国、民俗文化和官本位文化的社会土壤有关，但在客观上，起到了污染社会风气、妨碍民主法治、助长权力腐败的作用。随着法治化现代化的推进，这样的旧有思维方式大行其道的空间将会被大大压缩，代之以公序良俗、依法办事的文明思维方式。但愿我们的现代化进程，能与人的现代化并行不悖并驾齐驱。

勿行极端

经历了三年的新冠病毒肆虐，人们应该对什么叫岁月静好有比较深的体验了。之前在军营的时候，有那么几年，时常论及和平年代滋生的“和平病”，目的是警示长期和平环境中的军人居安思危、枕戈待旦，忘战必危、怠训必败，积极投身于高强度实战化训练，保持部队过硬战斗力，倡导平时多流汗、战时少流血。现在，历时三年的新冠疫情近乎销声匿迹，社会生活亦如春天般复苏，一切接近回归常态。但就像预防“和平病”那样，人们不能好了伤疤忘了疼，进而滋生“健忘症”——好像一夜之间便把昨天的心悸、烦乱与痛楚忘个精光。三年全民抗疫，历史罕见，当永不忘记。只因那里有我们为之付出的一连串极为昂贵的代价：自由生活的代价、财政的代价、经济萧条的代价、健康与生命的代价等等。恐怕对这一特殊时段伤痛记忆最好的抚慰，不是不堪回首，也不是疫情过后的所谓报复性消费和放达不羁的世界游，而是应悉心巩固三年防疫抗疫的经验成果，在这场没有硝烟的战争结束之后，让抗疫精神和防疫经验成果深度嵌入人们的社会生活“重建”，让这笔巨大的现代社会治理财富转化为新的生活品质而不是束之高阁，终消弭于无形。如果说今天，口罩也没人戴了，个人

防护也不讲究了，社交活动也没任何禁忌了，“疫情”意识荡然无存了……那么好吧，前方难免会有另一个不祥的极端在等着我们。

反刍思维

反刍思维是经验的桥梁，是人类特有的构筑进步阶梯的思想品质，但个人情感上的反刍思维，又是负面情绪的源泉，甚至过度的反刍思维还会诱发心理疾病。从人的生命学意义看，对深陷于反刍思维而不能自拔的“病人”，身边的特别是对其有重要人格影响力的人，可持续为其开出“三副药方”:（1）反刍无关论。要让“病人”真正懂得，每个人的成长学费、先天不足欠费、生活逆境消费等，都是“上苍”安排给从前的你的，于今天的你既无过节又无关系，过度纠结这些是无意义的，是在与“上苍”作对。（2）反刍无知论。人的今天都是由过去成就的，但如同今天的小木船是由昨天一块块木板拼凑的一样，昨天的短板也是小木船恰到好处的构件。如此，你总在纠结昨天的木板长短，尤其对短板耿耿于怀，岂不无知？（3）让新的履历说话。“上苍”早已规定了每个人的人生之旅，这个旅程不允许你在一个景色里流连忘返，更不允许你在一片泥泞中裹足不前。否则，没有新的人生旅程，是无法向“上苍”交差的。反刍思维不当的“病人”，如能持续服用这“三副药”，就会渐渐地把自己变成一个前行者，进而走出沼泽，走过风雨，跨越千山万水，历经千难万险，最终把自己演化成“上苍”喜欢的样子。

灵魂的遇见

我把遇见分为五个层级：第一层级是目击型遇见——只是见过此人；第二层级是认识型遇见——有过一次或几次谋面；第三层级是交道型遇见——打过一次或几次交道；第四层级是交情型遇见——有过一个时期的交往并结下情谊；第五层级是灵魂的遇见——两人一见如故，进而如磁铁般吸合。灵魂的遇见是茫茫人海中的奇遇，须满足四个近乎苛刻的条件：一是时空环境条件。即在对的时间对的空间对的情绪状态下，遇见了彼此都惺惺相惜相识恨晚的人。二是吸引力条件。即在排除功利性目的前提下彼此能很快建立起相互欣赏与珍视的关系。三是融合性条件。即双方基于教养同质、学养同宗、三观同道、阅历同理、精神同频等通透底蕴，升华出的高度心智融洽和高级精神愉悦。四是无遮蔽条件。即此时双方的灵魂释放，没有诸如巨大精神压力、严重心理障碍、低端精神追求等屏障。若同时具备这些条件，彼此不俗的灵魂就能破茧而出，化为双飞的彩蝶。

高贵的灵魂

传说11世纪英格兰伯爵利奥夫里克美丽的妻子戈黛娃夫人，为了说服丈夫给因战争招致不堪赋税的民众减税，毅然照着丈夫的“如果说”云云，裸体骑马游行于街市。深深爱戴戈黛娃夫人的市民闻听此事，不约而同地躲在家里，他们不想直面围观，给这位不惜自身蒙羞为他们争取利益的贵夫人难堪。只有一人偷窥，还为此瞎了眼睛。

感悟一：真正的美，具有难以言状的魔力。

感悟二：善与美互为因果。

感悟三：高贵的灵魂，是极具传染性的。

魂之魂

茫茫海面上
你是我远远望见的
正向我漂来的那叶扁舟

深邃夜空中
你是我极目远眺的
在与我对视的那颗星辰

混沌梦幻里
你是我噬脐莫及的
却被我追逐的那个倩影

命运艰辛处
你是我倍感欣慰的
热敷我神经的那串泪滴

风雪交加日
你是我身边不灭的

总为我驱寒的那盆炭火

炎炎烈日下
你是我酷暑难耐时
安护我消暑的那片绿荫

人生旅途上
你是我气喘吁吁时
招呼我停歇的那株垂柳

广阔疆域里
你是我魂牵梦萦的
守护我安眠的那块领地

我的生命之灵呵——魂之魂！

走向远方的我

带着对自然的敬畏对生命的珍爱，我向远方的我走去，远远望见，远方的我精神矍铄。

带着对真善美的一贯追求，我向远方的我走去，远远望见，远方的我风度翩翩。

带着一颗无怨无悔的心，我向远方的我走去，远远望见，远方的我笑傲风月。

带着孜孜以求的精神财富，我向远方的我走去，远远望见，远方的我清雅脱俗。

带着对生我养我和我生我养的亲人的呵护与厚爱，我向远方的我走去，远远望见，远方的我尽享天伦之乐。

带着对怡心挚友的仁爱与重情，我向远方的我走去，远远望见，远方的我簪盍良朋。

带着不负累身心的必要物质财富，我向远方的我走去，远远望见，远方的我微笑点头。

带着简单简朴简约简洁等一身洒脱，我向远方的我走去，远远望见，远方的我神采奕奕。

一只看不见的手

人的命运似乎是有定数的，掌控这个定数的是一只看不见的手，像人的手掌一样，这只手上也有五根手指。（1）原生家庭给予。原生家庭对个人命运的影响极大。其要素有：基因框定的诸如体貌、智商、天赋等天资，贫富贵贱潜入的生活原生动力，家庭培植的前期教养，奠定的性格性情特质等。（2）以学业职业为主线的基础人脉互动。即在以同学圈、同事圈为基础的人脉关系网的交往与扩张中，所能建构的公认度和影响力。（3）机缘和创造机缘的能力。一方面是个人面临的机会机遇，另一方面是抓住机遇、赢得机遇和通过自身努力与贡献创造新的机遇的能力。（4）避害意识与自律。主要是个人的道德品行，内含法治思维、安全思维、健康思维、底线思维的自由生活理念，以及自控自律的行动定力。（5）哲学素养。重点是独立思考习惯、大局观整体观、合理价值取向及知行合一品格等养成，还有贯穿于全部生命活动的兜底性预见性思维张力。这五个指头各有长短，相辅相成，不可或缺。此消彼长的动态交互作用，集催发功能与限定功能于一体，创造出千姿百态的人生。

话说奴们

我们告别奴隶社会已经有两千几百年的历史了，社会文明发展到今天，黎民百姓被权贵奴役的时代早已一去不复返。然当今社会依然有为数不少的各式各类变异奴隶，比如财奴、权奴、毒奴、赌奴、酒奴、食奴、色奴等等。之所以称之为奴，是因为这些人的人格和价值观完全迷失在相应的欲望里，既不得自主，又不能自拔，既深受其害，又不以为意。财奴——唯利是图，视财如命，守财如奴，甘为财死。权奴——唯权是重，视权如天，甘为权奴，失权便失了魂魄。毒奴——视毒如命，为毒不仁，毒己害人，为毒而亡。赌奴——赌心不泯，赌瘾不衰，赌天赌地，赌进坟墓。酒奴——酒徒始，酒鬼终，夺志始，夺命终。食奴——好吃懒做，胡吃海喝，暴殄天物，坐吃山空。色奴——见色起意，色胆包天，荒淫无度，因色殒命。如此看来，社会文明还有很广阔的发展空间，别说成为自在自为自由之人，即便是人格健全、精神自主，也还有许许多多的人做不到。《三字经》开篇说，性相近，习相远。人活一世，不可能没有对本能属性的屈从，但过分地做自己本能属性的奴隶实不可取。面对你生养的后代子孙，如果身上连点为人类文明发展推波助澜的责任感与情怀都没有，那人生就无异于在阴冷角落里从不沐浴阳光的一棵歪脖树，未免活得太过敷衍了。

平安好贵好难

在雨后的小道漫步，大口呼吸着清新的空气，对静好岁月的珍惜之情油然而生。曾经的军旅生涯让我虽然置身和平年代，但对战争的历史、战争的岁月多有了解，自然对世界上此起彼伏的暴力冲突十分敏感。当今世界，一些国家依然为了自身的生存发展而与他国进行各种冲撞与争夺，而他们所造成的生存发展危机，远大于生存发展本身所具有的建设性。遗憾的是，人类对这个问题不是没有清醒的认识，而是在国家竞争形态下，没有对这种既由来已久又日趋严峻的问题形成有效制衡的机制和解决办法。西方国家的那些政客们，个个冠冕堂皇地成为冲突的催化剂和掌舵手，用他们手中似乎与人类整体利益无关的权力和名义，编演着一幕又一幕不惜无视人类生命财产、破坏人类生存环境、悖逆人类生存发展的悲剧，不能不说是迄今人类文化之弊端，不能不说是人类文明伴生的一种愚昧。中国有句老话说得好——存平常心，行方便事，则天下无事。可当今世界，扳起指头数数，尤其是西方社会那些自为人类宠儿的权贵们，又有几个能够做到情系人类、心存大爱呢？

朴素节俭的日子

曹德旺日前在接受访谈时说，他经过调研发现，现在国际贸易订单下降50%，主要是市场原因。接着又讲，大不了过点穷日子。他这句朴实的话，把我听乐了。我生于物资匮乏年代，不得不养成朴素节俭的生活习惯。20世纪八九十年代的军营，艰苦奋斗一直是部队教育的主要内容，因为这是人民军队三大优良作风的组成部分。新世纪以后，特别是重要战略机遇期有赖于改革开放20年的基础，以及对中国后起工业化的历史性填补，中国经济迅猛发展，给了中国人置身经济高速列车的感觉。但当人们的物质文化生活基本追平工业文明的时代步伐时，发展脚步放缓则是必然趋势。好在中国经济具有制造优势输出、内循环可行和高质量发展的巨大回旋空间，接下来过穷日子的可能性是极小的，但经济发展中诸如劳动力、基础制造业和传统商业的红利将消失，精致创造、精细生活的时代会悄然来临。此前在家里的饭桌上，大人们常有将碗里剩菜剩饭倒掉的习惯，唯独10多岁的小儿子每次都会把碗里的米饭吃得一粒不剩，后来发现，这是之前他偶尔吃干净饭菜受大人表扬后坚持下来，并养成了好习惯。我在想，小儿子这一代人，如果从小就能有节俭的意识作风，在未来时代呼唤朴素节俭的日子里，应该是一件令人欣慰的事情。

在埋头与抬头之间

生活需要埋头——埋头作业、埋头工作、埋头做事、埋头苦干……因为人专注于某一件事情的时候，时光老人会对你的生命状态赐以笑颜。

生活需要抬头——抬头看路、抬头畅想、抬头做人、抬头仰望星空……因为当你抬头向上的时候，你总能远远望见“未来”的身影。

埋头是身体力行，是你作为一个能动生命体，在有限生命的时间空间里既与大自然互换能量又与之亲密交融的一种能力。

抬头是心驰神往，是你作为一个高级动物类，在无限宇宙的神秘莫测中既对自己扪心自问又与天道交流沟通的一种精明。

埋头与抬头之间，那条续接着的冗长纽带上，布满了你的痛楚，你的欢乐，你的孤独和你的求索……以及灌注其中的

交织变幻的命运。

埋头与抬头之间，那些你独属的修养里，富藏着你的精神，你的意志，你的惆怅和你的悲悯……以及积淀于灵魂中蓬勃的生命力。

人呵，就活在埋头与抬头之间。

安恬之心

以安恬之心，固守一段幸福生活，是人生难得而宝贵的岁月。

春节前夕，儿子在我卧室通阳台的玻璃门上贴了副袖珍对联：无忧便是真富贵，安居即是小神仙。每天看到这副小对联，我都会心生启发。联想到晚清重臣李鸿章当年在南京家中赋的长对联：享清福不在为官，只要囊有钱仓有粟腹有诗书，便是山中宰相；祈寿年无须服药，但愿身无病心无忧门无债主，可为地上神仙。横批：天天快乐。其中，不难领悟到前人对幸福感从实而深刻的理解。

时代发展到今天，尽管人们对幸福生活的向往与追求，已经有了物质条件和精神境界上的极大改变，但不得不说，前人与今人幸福感的基本精神物质依托是一致的，为幸福生活忙碌的生命轨迹也是平行的。强调把饭碗端在我们自己手里，依然是今天的一个重要发展指标；经济社会互欠外债的公民和法人比例居高不下，仍然是一个亟待解决的社会问题；尽管现代医学已经相当发达，但疾病依旧是人们幸福生活之大患。故真正建立起前人对子中的“山中宰相”和“地上神仙”般的幸福感，对今天许许多多的人来说，仍然是件非常不容易的事情。

正如农村生活条件大大改善了，一些地方光棍汉反而多了起来；一些年轻人承受不起生活的压力，萌生出轻生的念头……这些，便是当今人们的幸福感并不太容易建立的实例实证。

在多彩的现代生活景象里，在快速的现代生活节奏下，在人群升涨的物欲心流中，一个人若能拥有心的安恬，实乃幸福之境。

心

大脑把思维的节奏和品格让渡于心，所以心察心动，所以心思心幻，所以古往今来的人们都把心作为思维内涵的代言人，赋予其心事、心理、心境、心灵……华夏民族更是索性把思维的经纬和面貌安在心上，直接书写为“思想”。

大脑把喜怒哀乐的波澜让渡于心，所以心静心动，所以心平心惊，所以古往今来的人们也把心作为思维外延的代言人，赋予其心喜、心伤、心焦、心痛……华夏民族索性把情的反应及变化归咎于心，直接书写为“情感”。

大脑把对外界存在的思维反应让渡于心，所以叫用心去观察去甄别，用心去体会去领悟，所以古往今来的人们把心作为人自身的精神世界和宇宙，赋予其心胸、心怀、心扉、心海……华夏民族索性把人的精神财富及文明宝藏托付于心，直接书写为“意识”。

好好呵护我们的心吧！因为心是人类命运的总开关。

心的方向

清晨
一轮朝阳升起
阳光透过七彩云霞
把大地照亮
漫步林荫小道
向东呵向东
那是心的方向

入夜
一穹繁星闪烁
星光掩映白日喧嚣
与宁静和畅
伫立窗前楼台
远眺呵远眺
那是心的方向

初春
一声春雷奏响

春风挟带温润春雨
把大地滋养
凝视枝头花蕊
绽开呵绽开
那是心的方向

盛夏
一片金黄原野
麦浪抒发大地情怀
把厚爱荡漾
难得迎来笑颜
挥汗呵挥汗
那是心的方向

中秋
一轮皓月当空
月色浸淫绵绵亲情
思念盈盈泛光
可怜儿女情长
望眼呵望眼
那是心的方向

严冬
一场大雪降临
苍松挂满厚厚积雪
和大地一样
企盼冰雪消融
等待呵等待
那是心的方向

儿时
一遇难耐委屈
哭着喊着我要回家
我要我亲娘
那是血脉依傍
娘亲呵娘亲
那是心的方向

而今
一身风雨创伤
难掩难消岁月流痕
以笑容遮挡
深痛我的深痛
灵魂呵灵魂
那是心的方向

心与心的交融

两个人的心跳频率一致时，也是能感受到彼此心的跳动并唤起同理心的时候。如果心跳频率差别很大，则无言胜于有言，无为胜于有为。

两个人心的真诚相互映照时，也是能看见彼此心的模样的时候，如果诚意相差甚远，则与其苦口婆心，莫如沉默以待。

两个人心的坦诚并驾齐驱时，也是能够彼此宁静致远的时候，如果善意的心流不能渊渟泽汇，则与其默然同行，莫如分道扬镳。

两个人的审美同在一个纬度时，也是相互可以同此冷暖的时候，如果审美的迥异导致观点的不同，则与其争辩相互指责，莫如相互退后一步。

两个人心的年龄同在一个轨道时，也是可以长久相望相守的时候，如果两颗心彼此偏离了轨道，则无论心的年轮多么相近，终将视而不见渐行渐远。

同行者

人类社会极少有独行人生旅途之人，这是人类社会群聚生活的内在逻辑使然。这一内在逻辑，同时也框定了人类生活的价值根基。美国哈佛大学数十年的跟踪研究表明，人的幸福指数和身心健康乃至能否长寿，与是否建立良好的人际关系密切关联。这项研究强调良好的人际关系能够给人带来更多积极的人生意义，甚至还量化到了40至60人（不含家庭成员）的最佳交往人数。其中的旨意，倒是与中华民族从善向和、讲信修睦的优秀历史文化内涵不谋而合。这就更加说明，人们大有必要建立良好的人际关系，尤其要在保持良好家庭内部关系、维系刚需利益互补性社会关系的同时，重视着眼信仰同界、事业同道、精神同频、情怀同心、志趣同向的社会交往关系，积极丰富与建设自身的心灵家园，以强化文化归属感，提升生活幸福感为目标。在人生的旅途中，高质量的人际交往如同随行一群可以相互遮风挡雨的同行者。如此，生命的动力与勇气，生活的信念与乐趣，命运的跌宕与沉浮，便会有同行之人与你一同分享，一并面对了。

男人有泪

男人的泪腺生来和女人一样发达，男孩子小时候的哭闹和女孩子没什么两样，只是慢慢长大成人，受性别文化熏陶渐渐有了雄性、阳刚、责任意识后，开始学会了按捺自己的情感。所以，不是男人泪少或缺少泪腺，而是很多时候，男人的泪都是内溢的。但当情绪达到临界点的情形下，男人的眼泪便流不进肚里，会泪水盈眶甚至夺眶而出，此谓情不自禁。令男人情不自禁流泪的情形通常有以下几种：庄严而崇高的情感——生命与信仰、人民、国家深度融合，并甘愿为其献身的时候；内心最柔弱的情感——面对父母、儿女骨肉至亲，在与他们的喜怒哀乐和生死安危深切共情的时候；灵魂最圣洁的情感——点燃人生最真挚的爱情，于灵魂深处产生情感共鸣并以命相托的时候；遭受巨大心灵冲击的情感——诸如正义蒙冤、战争惨烈、极端痛悔；几近万念俱灰的情感——对世界无欲无求，对活着万念俱灰的时候。

男人的泪总与生命休戚相关，所以百姓说，男人有泪不轻弹。

做得大事，嚼得菜根

每次到儿子学校，看见挂在教学楼上的两幅箴言，都会产生许多感触。这两句箴言是：“扬大志向，做小事情。做得大事，嚼得菜根。”一大一小，既是行为引导，又是思维启蒙，内含深刻的辩证逻辑，折射鲜明的传统人文精神，不免让人联想到曾国藩当年写给其弟曾国荃的家信中的两句话——“古之成大事者，规模远大与综理密微，二者缺一不可”。曾国藩作为晚清重臣，是在中国历史上被誉为“半个圣人”的哲思大家，所历所言，令人钦佩。又联想到多年前参观中南海内的毛主席故居，看到当年毛主席留在床头柜抽屉里的八个用过但舍不得扔掉的火柴盒时，我不禁泪水盈眶，胸怀寰球、心系人民、操劳国是的一代伟人，原来如此综理密微！最后，再进一步联想到元末学者黎贞的诗句“自古达人所乐，不惮卑污苟且。穷则独善其身，达则兼济天下”，我胸中生出由衷的感慨：学校如此人文教育，儿孙达人未来可期！

难得糊涂

途经江苏兴化，想起了兴化籍的清代书画家、文学家郑板桥以及他那句在民间广为流传的“难得糊涂”。一句“聪明难，糊涂亦难，由聪明转入糊涂更难”，道出了大智若愚的处世之道。

世有不公，世有不明，人性难度，百事百态。不得不说，有的时候难得糊涂是一种智慧——常表现为无须正清明时的看似愚钝；有的时候难得糊涂是一种风度——常表现为很难正清明时的豁达释然；有的时候难得糊涂是一种蛰伏——常表现为无力正清明时的韬光养晦；有的时候难得糊涂是一种涵养——常表现为不宜正清明时的留人脸面；有的时候难得糊涂是一种谋略——常表现为欲让他人自正清明时的技高一筹；有的时候难得糊涂是一种境界——常表现为无关正清明时的超凡脱俗。

如此由聪明转入糊涂，实乃向大智跃升的质变，若践行郑板桥所言，定能寻得“难得糊涂”中的大智慧。

后记——永不凋零的心花

在我的心中，长盛着一朵心花。这颗心花随心智成立而含苞，随心智成长而绽放，随心智成熟而灿烂。她便是深植我心中的真善美及对人类真善美的寻踪。

大学毕业40年，投笔从戎40年，在绿色军营走过了从青年学生到职业军人的几十载春秋。曾经的春夏秋冬，曾历的风风雨雨，让这朵心花盛开不败。因为她根植的沃土，有历史罕见的民族振兴复兴、经济科技腾飞、政治法治昌明、社会人文跨越等丰厚养分。以实时体察、有感而发、微信朋友圈寄语等形式，展现所思所言，得到很多朋友的点赞鼓励，在此深表感谢！也很乐意汇集成册，在更广阔的领域与大家交流。尤其要感谢恩师顾智明，不顾年事已高，欣然作序并誉题《探求澄明的人生》；感谢几位战友、好友集思广益为本书取名《晨声溪语》；感谢当代演讲家王立华挚友给予“以朝阳情怀，演绎生命律动的华彩乐章；以赤子之心，记载理性火花的光芒闪耀”的深情勉励。

心花盛开，没有季节。生命不息，心花犹在。生命消逝的那一天，心花将随灵魂而翔……

郝晨声

2023年6月写于南京